Eileen Chang

Die Klassenkameradinnen

EILEEN CHANG

Die Klassenkameradinnen

Aus dem Chinesischen von
Susanne Hornfeck und Wang Jue

ULLSTEIN

Die Originalausgabe erschien 2004
unter dem Titel »Wo tongxue shaonian dou bu jian« bei
Crown Publishing, Taipeh

ISBN 978-3-550-05014-5

Gesetzt aus Dante MT Pro
Satz: LVD GmbH, Berlin
Druck und Bindearbeiten: GGP Media GmbH, Pößneck

Zunächst konnte sie es gar nicht glauben – schließlich gab es viele Juden mit Namen Levy und noch mehr mit dem Vornamen Benjamin. Es hätte Zufall sein können, doch er kam aus Shanghai und war der erste Emigrant, der Mitglied des Kabinetts geworden war, noch vor Kissingers Zeit als Außenminister. In der Reportage, die Zhao Jue im *Time*-Magazin entdeckt hatte, wurde auch seine chinesische Frau erwähnt, und es gab ein paar Fotos aus ihrem Alltag. Erst da war sie sich ganz sicher.

»Ein Satz von mir und die beiden waren ein Paar«, dachte sie unwillkürlich.

Die Rolle, die man selbst in solchen Angelegenheiten spielt, wird im Allgemeinen überschätzt. Enjuan hätte ihrer Ermutigung wohl gar nicht bedurft. Soweit Zhao Jue wusste, gab es damals keinen anderen Mann in ihrem Leben.

Der Abend war ihr noch gut in Erinnerung. Sie waren bei Enjuan zu Hause gewesen, die eine einheimische Spezialität gekocht hatte – Taro mit Schweinefleischscheiben, das bekam man nur in Shanghai. Seit dem Tod ihrer Mutter führte Enjuan den Haushalt.

Nach dem Essen waren sie in die Treppenkammer gegangen, die Enjuan bewohnte. Sie musste erst Kleiderstapel von den Stühlen räumen, bevor sie sich setzen und plaudern konnten. Dann war Enjuan mit der Neuigkeit herausgeplatzt: »Ein Freund aus der Schulzeit hat mir geschrieben, ich solle besser auch ins Landesinnere kommen. Ben Levy, er ist Jude. Seine Familie ist vor ein paar Jahren aus Deutschland nach Shanghai emigriert.«

»Aha.« Zhao Jue erinnerte sich vage, dass den staatenlosen Juden, die damals nirgendwo sonst Aufnahme fanden, nur Shanghai als Zufluchtsort blieb. »Und jetzt ist er in Chongqing?«

»Ja, seit letztem Jahr. Weil so viele ausländische Firmen umgesiedelt sind, konnte er dort leichter Arbeit finden. Nebenher studiert er weiter an der St. Francis Xavier University.«

Enjuan kramte in ihren Sachen und suchte ein großformatiges Gruppenbild mit Passepartout heraus, das sie Zhao Jue lächelnd hinhielt. Ein wenig verschämt deutete sie auf einen mittelgroßen, dunkelhaarigen jungen Mann in der zweiten Reihe. Er trug eine Brille mit schwarzem Rand. Man hätte ihn nicht auf Anhieb für einen Ausländer gehalten. Die hohe Stirn, das breite Lachen, die gerade Nase und das ausgeprägte Kinn ließen ihn beinahe gut aussehend erscheinen.

Nach einem Blick auf das Foto hatte Zhao Jue zu ihr gesagt: »Dann geh doch. Geh nur.«

Sichtlich verlegen stieß Enjuan ein »Wie?« hervor und murmelte: »Man kann doch nicht nur nach dem Äußeren gehen.«

Zhao Jue wusste, dass Enjuan ihretwegen so verlegen war. Denn sie selbst war klein, mager und blass, ein Brillengestell aus Schildpatt verdeckte ihre Augen, sodass sie nicht einmal dann richtig zu erkennen waren, wenn man direkt vor ihr stand, was dem Gegenüber ein Gefühl von Undurchschaubarkeit vermittelte. Sollte sie sich tatsächlich einmal verlieben, so konnte es nur eine Verbindung auf geistiger Ebene sein. Legte sie dennoch so großen Wert auf Äußerlichkeiten?

Und doch war deutlich gewesen, dass Enjuan in dem Moment, als sie das Bild weglegte, eine Entscheidung getroffen hatte.

Danach erwähnten sie ihn nur noch einmal. Es ging dabei um Enjuans englischen Namen.

»Du solltest Susie heißen«, schlug Zhao Jue vor. »Ich mag es so gern, wenn du ›If You Knew Susie‹ singst.«

Darauf erwiderte Enjuan lächelnd: »Ben möchte mich Caroline nennen.«

»Aber Susie ist schöner, es passt viel besser zu dir«, insistierte Zhao Jue. Und erst als sie an Enjuans Gesichtsausdruck sah, dass sie sie in Bedrängnis gebracht hatte, denn sie sagte nichts weiter dazu, kam sie sich lächerlich vor. Wie konnte man sich selbst derart überschätzen? Waren es nicht die Männer, die ihren Freundinnen den Namen gaben?

In ihrem Internat waren homoerotische Schwärmereien an der Tagesordnung, aber sie beide waren nur befreundet gewesen. Als sie die Aufnahmeprüfung für die Schule bestanden, waren sie noch sehr jung; die eine ein hässliches Entlein und die andere auch nicht gerade hübsch. Enjuan hatte eine einfache Lidfalte und eine kleine, flache Nase, aber wenn sie lachte, bildeten sich tiefe Grübchen, und ebenmäßige weiße Zähne blitzten hervor. Ihr rotwangiges, blasses Gesicht hatte die Form eines Dattelkerns, was ihre Brüste besonders groß erscheinen ließ. Sie war ihren Babyspeck nie losgeworden und mit zwölf oder dreizehn bereits »ziemlich weit entwickelt« gewesen. Die meisten Teenager sind ja in dieser Zeit entweder zu mager oder zu dick; Enjuan gehörte zum zweiten Typ, und ihre Figur mit der stattlichen Oberweite glich der einer reifen Frau.

»Auf der Straße hat mir jemand ›Riesentitten‹ nachgerufen«, hatte sie Zhao Jue einmal wütend erzählt.

Als ihre Mutter starb, bat sie um Schulbefreiung, und nach ihrer Rückkehr trug sie eine weiße Stoffblume im kurzen Haar und ein neues, gefüttertes Kleid aus einheimischer grauer Baumwolle, dessen Saum mit einer weißen Zöpfchenborte abgesetzt war. Da sie dem christlichen Glauben anhing, hatte sie es locker und weit schneidern lassen. Wie sie so dastand in dieser Trauerkleidung, die Augen rot verweint, wirkte sie riesig. Zhao Jue hatte kaum gewagt, sie anzusprechen, und auch keine weiteren Fragen gestellt.

Wenn Enjuan ihrer Mutter Briefe schrieb, redete sie sie immer mit »liebste Mutter« an. Beim Elternabend wirkten ihre Eltern irgendwie fehl am Platz. Die Mutter, eine kultivierte Erscheinung, war hoch gewachsen und glich, sah man von den schmalen, schräg stehenden Augen ab, einem Porträt der heiligen Madonna. Der Vater war deutlich älter und von großer, stämmiger Statur. Die Geheimratsecken ließen seine Stirn breiter erscheinen und verliehen ihm ein respektables und zugleich furchterregendes Aussehen. Er war westlich gekleidet und führte ein Geschäft für Prothesen und Gehhilfen. Von Enjuan wusste sie, dass er noch eine weitere Familie und ein Nest voller Kinder hatte. Als die Mutter davon erfuhr, gab es großen Krach, und wären da nicht die vielen Geschwister Enjuans gewesen, hätte sie sich bestimmt scheiden lassen.

»Wieso haben sie überhaupt geheiratet?«

»Er ist ein guter Lügner.«

Beide waren von einer christlichen Erziehung im Landesinneren geprägt. Die Mutter war ebenfalls berufstätig gewesen, Zhao Jue wusste nicht genau, ob im Immobiliengeschäft oder im Aktienhandel. Enjuan hatte ihr später einmal erzählt, dass es im Leben der Mutter einen gewissen Li Tiansheng gegeben habe, von dem im Nachlass auch ein Foto aufgetaucht war.

An den langen Sonntagnachmittagen spielten sie im Park des Internats, dessen hinterer Teil ein wenig verwildert war. Auf einer kleinen Anhöhe, zu der zerbrochene Steinstufen hinaufführten, stand ein dattelrotes Spalier, an dem schon lange keine Blumen mehr rankten; der Anstrich blätterte bereits ab.

Enjuan kannte einen Maulbeerbaum, und mit Schüsseln ausgerüstet, pflückten sie die reifen Früchte oder lasen sie vom Boden auf – kleine purpurrote Häufchen, die wie Perlenorchideen aussahen. Die Schüsseln trugen sie in den menschenleeren Waschraum des Internats und ließen sie in den langen grauen Waschbecken voll Wasser laufen, um die Ameisen von den Maulbeeren hinunterzuspülen.

Zhao Jue beherrschte kein Shanghaierisch; sie bekam am ganzen Körper Gänsehaut, wenn sie andere den holperigen Suzhou-Dialekt sprechen hörte, aus dem das Shanghaierisch entstanden war. Dass sie ihn selbst nicht richtig sprechen konnte, beschämte sie. Auch im Hochchinesischen war ihre Aussprache nicht besonders gut; es war ihr peinlich, so zu reden, »wie man im Theater sprach«. Es gab auch Schülerinnen, die weder Mandarin noch Shanghaierisch beherrschten; sie sprachen wie die Leute in der Gegend nördlich des Jangtsekiang, aus der normalerweise die Rikscha-Kulis stammten. Deshalb hatte Zhao Jue außer Enjuan keine anderen Freundinnen im Internat.

Enjuan war sehr beliebt und wurde schon im zweiten Jahr zur Klassensprecherin gewählt. Beide waren damals zwölf Jahre alt. Zhao Jue schwärmte für einen Nebendarsteller aus einem *Laurel-and-Hardy*-Film. Er spielte einen Adligen aus dem 18. Jahrhundert mit weiß gepuderter Perücke. In einer Szene trat er hinter einer Tür hervor und sang eine Arie für seine Angebetete. Abends auf dem Heimweg vom Kino war sie ganz aufgewühlt, ihre Ohren waren erfüllt von seinem geschmeidigen Tenor, und sie meinte in einer dunklen Glastür den Schemen seines Gesichts zu erkennen; es hob sich, einer griechischen Statue gleich, von der Menschenmenge ab. Es war das erste Mal, dass sie dieses herzerschütternde Gefühl erlebte.

»Dein Dennis King hat kein einziges Mal mit offenem Mund gelächelt. Wahrscheinlich hat er grüne Zähne«, spottete Enjuan.

Von da an nannten die Zimmergenossinnen ihn »Grünzahn«.

Sie waren zu viert im Zimmer. In der Zeit unmittelbar vor dem abendlichen Löschen des Lichts, wenn alle schon im Bett waren, ging es am lebhaftesten zu. Enjuan liebte es, unter dem Moskitonetz in die Kissen versunken, beide Arme zu heben und sie wie eine orientalische Tänzerin über dem Kopf zu schlängeln, so geschmeidig, als hätte sie keine Knochen. »Betörende Jadearme«, nannte sie das. Zhao Jue hüpfte dann hysterisch kichernd auf ihrem Bett herum. Vor dem Fenster quakten die Frösche in der Dunkelheit, und der Geruch des wilden Südens drang, von keinem Fliegengitter gehindert, zu ihnen herein.

Jede hatte ihren Lieblingsschauspieler. Schon bei der Erwähnung seines Namens brach die jeweilige in spitze Schreie aus und begann in ihrem Bett wie ein auf den Rücken gefallener Käfer zu zappeln. Einmal fing Zhao Jue dabei zufällig die missbilligenden Blicke von Yi Zhen auf. Zunächst konnte sie sich diese Reaktion nicht erklären; erst später ahnte sie den Grund, und von da an gab es keine wilde Zappelei mehr.

Yi Zhen war zwei Jahre älter als die anderen, ihr Vater, ein Kaufmann aus Ningbo, war dem Opium verfallen. Sie hatte eine junge, gut aussehende Stiefmutter und viele Geschwister, die alle zusammen auf derselben Etage wohnten.

Manchmal kam eine Mitschülerin zu Besuch, aber die Schulregel erlaubte nicht, dass sie das Zimmer betrat; sie musste an der Tür stehen bleiben. Wer eine gute Stimme hatte, wurde aufgefordert, etwas zu singen – einen Schlager oder einen Titel aus der Sammlung »Die hundert schönsten Lieder«. Und so gab die Besucherin auf der Türschwelle ein paar Lieder zum Besten.

Enjuan sprach eher leise, ihre Singstimme war jedoch ein kräftiger, wohlklingender Mezzosopran. Wenn sie »Ah, Sweet Mystery of Life« oder »Indian Love Call« sang, liefen Zhao Jue Schauder über den Rücken; sie war fest davon überzeugt, dass ihre Freundin im Ausland eine Berühmtheit werden würde. Enjuan besaß auch komödiantisches Talent. Oft imitierte sie die Schauspielerin Hu Die oder eine ihrer Nachahmerinnen, wie sie vor der Kamera posierten. Mit übereinandergeschlagenen Beinen saß sie da, die Arme durchgestreckt, wobei der Mittelfinger der einen Hand gegen das Knie gepresst war, die andere lag obenauf, der kleine Finger wie ein

Orchideenstiel abgespreizt, so als wollten die zarten, weichen Hände gleich davonfliegen. Die Lippen hatte sie zusammengepresst, um die Grübchen noch tiefer erscheinen zu lassen; ihr Blick war starr nach unten gerichtet, so konzentriert, dass sie beinahe schielte.

Einzig von Zhao Jues Familie kam regelmäßig eine Bedienstete, um Gebäck und andere Kleinigkeiten zu bringen und die schmutzige Wäsche zu holen. Die Mädchen trugen ihr auf, süße russische Brötchen zu besorgen, die sie dann untereinander aufteilten.

»Yi Zhen schaut immer ganz genau hin und nimmt sich dann das größte«, behauptete Enjuan hinter dem Rücken der Mitbewohnerin.

Yi Zhen, klein und stämmig, hatte eine gewisse Ähnlichkeit mit dem russischen Dichter Puschkin, während die neu eingezogene Zhi Qi mit ihrem etwas dunkleren Teint, den schweren, dicht bewimperten Lidern, den dunklen, tief liegenden Augen und der geraden Nase eher einen südeuropäischen Einschlag hatte. Sie war nicht groß, und unter ihrem selbst gestrickten himmelblauen Pullover zeichneten sich bereits deutlich die Brüste ab, ein bisschen zu tief, aber fest. Sie war ein paar Klassen unter ihnen, konnte Stepp tanzen und schaffte es sogar, Enjuan auf dem Zimmer und ganz ohne Musik ein paar Tanzschritte beizubringen. In den Sommerferien gingen die beiden jeden Tag gemeinsam zum Schwimmen in die öffentliche Badeanstalt.

In einer Filmzeitschrift entdeckten sie ein Foto von Hollywood-Sternchen im Badeanzug; sechs oder sieben schritten dem Betrachter untergehakt von einer Düne entgegen. Die Große in der Mitte, eine Blondine mit länglichem Gesicht, ließ viel Zahnfleisch sehen und wirkte ein wenig maskulin. Sie hatte eine beachtliche Oberweite, und auch im Schambereich zeichnete sich eine deutliche Wölbung ab. Alle wunderten sich darüber und kicherten verlegen.

»Ein Zwitter«, platzte Zhi Qi heraus.

Zhao Jue war verwirrt. Wie konnte man ein solches Foto als Werbeplakat verwenden? Dann kam ihr die Idee, dass die Frau unter dem Badeanzug vielleicht eine Monatsbinde trug. Erst viele Jahre später begriff sie, dass es wohl ein Bausch krauses Schamhaar gewesen sein musste.

Die Beziehung zwischen ihr, Enjuan und Zhi Qi war immer etwas angespannt. Enjuan war jetzt ständig mit der neuen Mitbewohnerin zusammen, doch Zhao Jue tat, als bemerke sie es nicht. Manchmal kam Zhi Qi aber auch zu ihr und vertraute ihr etwas an, während sie Erdnüsse knabberten. Womöglich hatte sie sich mit Enjuan gestritten, aber vielleicht lag auch gar nichts vor, und Zhi Qi wollte die Freundinnen bloß ein bisschen triezen. Zhao Jue reagierte dann einladend, schon um Enjuan zu ärgern. Die jedoch gab sich immer betont gleichgültig.

Während der fürs Klavierspiel vorgesehenen Zeit drückte sich Zhi Qi gelegentlich vor dem Üben und schlüpfte in Zhao Jues kleines Klavierzimmerchen. Die beiden machten es sich dann hinter dem Flügel auf dem Boden gemütlich und plauderten. Zhi Qis verwitwete Mutter war mit ihr und ihren Brüdern für den Sommer in die Berge nach Lushan gefahren, um der Hitze zu entfliehen. Dort hatte Zhi Qi zwei Männer getroffen, denen sie die englischen Spitznamen »Blue« und »Yellow« gegeben hatte.

»Blue war als Rettungsschwimmer am Pool beschäftigt. Er war groß und sah gut aus. Yellow war eher klein, aber auch nicht zu verachten«, fügte sie rasch hinzu. »Blue hat den Berg als Erster wieder verlassen. Als ich mich eines Tages in der Kabine umzog, hörte ich, wie er sich von meinem Bruder verabschiedete und im Weggehen sagte: ›Grüß deine Schwester von mir.‹«

In ihren Worten spürte Zhao Jue die Melancholie des ewigen Abschieds, obwohl es bloß eine ganz harmlose Begebenheit war.

Zhi Qis Klavierlehrerin, das lebhafte Fräulein Li, war bereits verheiratet und stammte aus Kanton. Sie hatte Hängebrüste, die ohne Büstenhalter wie zwei große Taschen wirkten.

»Von den Männern in die Länge gezogen«, war Zhi Qis Kommentar.

»Meine Cousine hat neulich geheiratet«, berichtete sie weiter. »Ihr Mann sieht sehr gut aus; groß, mit ovalem Gesicht, und beim Lachen kneift er die Augen zusammen. Wirklich ganz reizend. Meine Cousine ist ebenfalls hübsch und ziemlich groß. Sie hat mir erzählt: ›Du kannst dir nicht vorstellen, wie sich die Männer zu bestimmten Zeiten aufführen. Sie sind dann wie von Sinnen und halten dich mit Bärenkräften umklammert, mit blutunterlaufenen Augen, die niemanden mehr zu kennen scheinen. Sein Ding war so groß, dass ich zu Tode erschrocken bin!‹«

Zhao Jue war überzeugt, dass Zhi Qi so etwas Enjuan nie erzählen würde. Enjuan wusste, dass Zhao Jue das Buch »Die Geschichte der Sexualität« gelesen hatte, und so erkundigte sie sich einmal bei ihr, wie der Geschlechtsakt tatsächlich vor sich ging. Doch Zhao Jue brachte es nicht über sich, davon zu sprechen, und fertigte stattdessen eine Skizze an, in etwa so rätselhaft wie die Hexagramme im »Buch der Wandlungen«. Enjuan wurde nicht schlau daraus und fragte nicht weiter.

Nachdem die drei nordöstlichen Provinzen in die Hände der Japaner gefallen waren, gründeten Schülerinnen einen Verein zur Rettung des Vaterlandes, der immer wieder berühmte Persönlichkeiten zu Vorträgen einlud. Im Internat gab es eine gute Basketballspielerin, die sich auf dem Podium besser auszudrücken wusste als mancher Gastredner. Sie stammte aus der Mandschurei, hieß He Surong und war zwei Klassen über Zhao Jue. Natürlich sprach sie makelloses Mandarin, und ihr Auftritt war ganz und gar nicht affektiert oder von übertriebenen Gesten begleitet, dennoch machte sie aus ihrer Empörung keinen Hehl. Sie stellte sich seitlich auf die Bühne der großen Aula, schräg zum Publikum, den Kopf ein wenig geneigt, und sprach ohne Pult oder Manuskript. Nur der leicht nach hinten gestreckte Arm verriet ihre Nervosität und verlieh ihrer Haltung etwas beinahe Bedrohliches. Sie hatte ein rundes, blasses Gesicht und runde, schräg nach oben verlaufende Augen. Das kurze Haar reichte nur bis zu den Ohren, es fiel ihr in die Stirn und ließ sie jungenhaft wirken. Sie war groß, und unter der offen getragenen kaffeebraunen Strickjacke zeichneten sich schwer hängende Brüste ab.

Zhao Jue kritzelte an den Rand ihres Hefts »He Surong He Surong He Surong He Surong He Surong …«, bis das ganze Blatt voll war; so als hätte sie es hundertmal abschreiben müssen, wie die ausländischen Lehrer es früher von einem verlangt hatten. Dabei hielt sie die Linke schützend über das Papier aus Furcht, man könnte es bemerken – auch wenn sie hoffte, dass jemand genau das täte.

Der Speisesaal des Internats fasste dreihundert Menschen. In der Mitte stand ein kleiner, aus Brettern zusammengezimmerter Tisch, darauf ein Holzfass mit der Aufschrift »Reissuppe«. Für Zhao Jue war es jedes Mal ein Abenteuer, wenn sie sich nach dem Essen eine halbe Schale der aus Reiskrusten aufgekochten wässrigen Suppe holte, doch bisher war sie ihrem Schwarm dort noch nie begegnet. Wenn die Schülerinnen zum Essen kamen, gab es immer ein großes Gedränge, und sie hatte He Surong gelegentlich in der Menge erspäht. Doch ganz gleich, ob sie sie sah oder nicht, jedes Mal wenn Zhao Jue sich im Gewimmel auf dem Korridor vorwärtsschob und vor ihr in dem geschwungenen Torbogen der weite, sich rötenden Horizont aufschien – im Internat aßen sie sehr früh zu Abend –, wenn auf der anderen Seite des Parks die Kapelle und der Umriss des Glockenturms sich gegen den Himmel abzeichneten, wurde sie stets von großer Freude erfasst. Dann weitete sich ihr Herz, als ob es platzen wollte, und der Druck wurde so groß, dass sie kaum noch Luft bekam. Es war, als rührte jemand mit einem silbernen Löffelchen in ihrem Herzen wie in einer Tasse Lotostee, süß und intensiv. Als sie durch das Tor nach draußen trat, blitzten schon die ersten Sterne am blassblauen Himmel. An den Büschen beiderseits des Weges dufteten große weiße Blüten mit länglichen Blütenblättern. Zhao Jue hatte sie für Magnolien gehalten, bis sie jemanden sagen hörte, dass es Daturien waren. Sie hatte immer gedacht, die gäbe es nur in den buddhistischen Schriften.

Im Internat war das sogenannte »Freundinnenabschleppen« sehr beliebt. Sobald die Mädchen entdeckten, dass eine »verrückt« nach der anderen war, wurden ebendiese beiden auf nicht gerade zimperliche

Weise entführt und mussten dann Arm in Arm spazieren gehen. Vor allem nach dem Abendessen und an Wochenenden waren immer wieder spitze Schreie zu hören, wenn vier oder fünf Mädchen sich zusammenrotteten und wieselflink ihrem Opfer nachjagten. Hatten sie es erbeutet, so genügte es den Häscherinnen oft schon, wenn das Pärchen Arm in Arm zweimal den Laubengang des Wohnheims entlangging. Passierte es jedoch auf dem Schulhof, dann mussten sie untergehakt in der Abenddämmerung den von Daturien gesäumten Weg abschreiten. Als Zhao Jue zum ersten Mal auf diese Weise entführt wurde, war es ihr, als schmölze die der Freundin zugewandte Seite dahin, und sie fühlte sich so unwirklich, als wandle sie auf Wolken dahin.

Zhao Jue war mehrmals »abgeschleppt« worden, konnte sich aber nicht entsinnen, worüber sie damals gesprochen hatten. Sie selbst hatte den Mund natürlich nicht aufgemacht. Eigentlich war He Surong mit ihrer Klassenkameradin Zheng Shujing befreundet, die beiden waren unzertrennlich. Das schlanke, zierliche Mädchen mit den Sommersprossen war ruhig und zurückhaltend. Nicht selten gingen die beiden gerade Arm in Arm, wenn sie von den anderen grob auseinandergerissen wurden.

Eines Tages entdeckte Zhao Jue He Surongs braune

Strickjacke, die oben auf dem Laubengang des Wohnheims in der Sonne hing. Sie konnte sogar das Strickmuster erkennen, es sah wie kleine Weinreben aus. Nachdem sie sich vergewissert hatte, dass niemand in der Nähe war, berührte sie vorsichtig einen Jackenärmel und vergrub für einen Moment das Gesicht darin.

Eine Liebe, die ein Ziel verfolgt, ist keine richtige Liebe, fand Zhao Jue. Wenn jene, die das heiratsfähige Alter erreicht haben, nur an sich selbst oder an ihre Verpflichtungen gegenüber Familie oder Gesellschaft denken, dann war das in ihren Augen keine Liebe.

Ein andermal kam Zhao Jue dazu, als He Surong gerade auf die Toilette ging. Bei der Ausstattung der Badezimmer im Wohnheim des Internats war gespart worden. Die Wasserhähne hatte man einfach über großen dunkelgrünen Keramikwannen angebracht, wie man sie im Garten für Lotosblumen benutzt. Vor dem weißen, klebrigen Schmutzrand ekelte Zhao Jue sich jedes Mal von Neuem; es war ihr schlicht unmöglich, sich daran zu gewöhnen. Die Toilettenkabinen waren kleine, dattelrot gestrichene Holzverschläge, die in zwei langen Reihen angeordnet waren. Sie hatte sich die Tür gemerkt, hinter der He Surong verschwunden war, und blieb im Vorraum, um sich die Hände zu waschen. Kaum war He Surong hinter ihrem Rücken hinausgegangen, schlüpfte Zhao Jue in die Kabine.

Normalerweise untersuchte sie immer zuerst, ob die Klobrille feucht war, aber diesmal setzte sie sich sofort hin, und tatsächlich fühlte sich das alte Holz noch ein wenig warm und ganz trocken an. Die Angst, entdeckt zu werden, machte sie so nervös, dass ihr Kopf ganz leer war und sie vor lauter Aufregung die Zärtlichkeit des indirekten Hautkontakts gar nicht richtig genießen konnte.

Lag da vielleicht ein schlechter Geruch in der Luft? Und wenn schon. Das bewies ja nur, dass ihre Göttin einen menschlichen Körper hatte.

Ein wenig verschämt erzählte Zhao Jue ihren Eltern, dass eine Mitschülerin bald ihren Abschluss machte und sie ihr gern etwas zur Erinnerung schenken würde. Die Eltern wussten von dem Ritual des »Abschleppens«, sie belächelten es und wollten nicht viel ausgeben. Es gab da ein Paar silberne Vasen, ursprünglich ein Hochzeitsgeschenk, das niemandem so recht gefiel und das in Zhao Jues Zimmer auf dem Kaminsims stand. Sie ließen die Gravur ändern, damit man die Vasen weiterverschenken konnte. Obwohl Zhao Jue das Geschenk zu aufwendig und ziemlich albern fand, wagte sie nichts dagegen einzuwenden. Und tatsächlich war die Sache im Internat bald Anlass zu allgemeiner Belustigung. Ein Paar silberne Vasen zum Abitur? Warum nicht gleich eine silberne Gedenkmünze? Das war wieder mal typisch für die Geldsäcke aus dem Norden.

Doch He Surong wusste das Geschenk offenbar zu schätzen. Zhao Jue konnte es kaum glauben, als die Freundin anrief und ihren Besuch ankündigte.

Sie hatte gerade noch Zeit, sich flüchtig die kurzen Haare zu kämmen und umzuziehen, damit sie einigermaßen ordentlich aussah. Weiter gab es nichts vorzubereiten. Sie trödelte noch ein bisschen herum und ging dann nach unten ins Wohnzimmer, um zu warten. Erwartungsvoll schaute sie aus dem Fenster. Das Haus der Eltern lag etwas zurückgesetzt, sodass man die Straße nicht einsehen konnte. Doch dann erblickte sie hinter dem Bambuszaun etwas Weißes, und obwohl He Surong sonst nie Weiß trug, wusste Zhao Jue sofort, dass sie es war.

Zhao Jue erwartete sie am Haupteingang. Der Garten war ziemlich groß, und es würde eine Weile dauern, bis sie kam; Zhao Jue konnte ihre Ungeduld kaum zügeln.

Die asphaltierte Einfahrt war von Ilex-Büschen gesäumt. Sie beobachtete, wie eine Rikscha wendete und unter dem mit blau glasierten Ziegeln bedeckten und von jadegrünem wildem Wein umrankten Portikus hielt. He Surong nickte ihr aus der Rikscha lächelnd zu, sie trug tatsächlich einen weißen Qipao.

Sie traten ins Haus und setzten sich. »So groß ist das hier?«, murmelte He Surong.

Das Haus war alt, im westlichen Stil gebaut und altmodisch möbliert, besaß aber Parkettfußböden. Nachdem die Bedienstete, die sie hereingeführt hatte, gegangen war, trat tiefe Stille ein.

Schließlich erzählte He Surong, dass sie zum Studium nach Peking gehen werde, und schlug Zhao Jue vor, ihr doch zu schreiben.

Danach machte sie sich bald schon wieder auf den Weg.

Die Ferien waren eben zu Ende, als ein Brief aus Peking kam. Zhao Jue erkannte die Handschrift sofort – große himmelblaue Schriftzeichen, schwungvoll geschrieben. Freudig überrascht riss sie den Umschlag auf. Er enthielt drei schmale Bogen feines weißes, ziemlich dickes Papier, glatt und rein wie Wasser.

»Jue«, schrieb He Surong. (Zhao Jue hätte nicht gedacht, dass sie nur ihren einsilbigen Rufnamen benutzen würde, eine besonders herzliche Form der Anrede.)

»Seit drei Wochen bin ich nun in Peking. Die Stimmung hier ist ganz anders als bei uns im Internat, es ist viel lebendiger. Ich hoffe, du wirst nach dem Abitur auch hierherkommen. Außerhalb des Unterrichts ist jede Menge los. Besonders schön sind die abendlichen Treffen am Lagerfeuer. Das würde dir bestimmt auch gefallen …«

Freudig erregt las Zhao Jue weiter. Dass He Surongs Freundin Zheng Shujing auch dort war, kam ihr dabei gar nicht in den Sinn.

Doch dann fiel ihr beim Lesen unwillkürlich wieder ein, was sie über He Surongs linke Gesinnung gehört hatte. Einmal hatte die mit den Kommunisten sympathisierende Agnes Smedley auf Einladung von He Surong im Internat einen Vortrag gehalten und über ihre Reise in die kommunistischen Gebiete im Norden der Provinz Shaanxi berichtet. Zhao Jue interessierte sich nicht für Politik, He Surongs politische Einstellung war zwischen ihnen eigentlich nie zur Sprache gekommen. Aber nun wurde ihr klar, dass es bei diesen Zusammenkünften am Lagerfeuer weniger um Romantik, sondern um Agitation und Propaganda der Linken ging.

Über die Jahre hatte sie eine Aversion gegen christliche Missionierung entwickelt. Im Internat war zweimal am Tag ein Gottesdienst abgehalten worden, morgens und nach dem Abendessen. Er wurde von Schülerinnen organisiert, und offiziell war die Teilnahme nicht verpflichtend, aber natürlich gab es immer jemanden, der einen zum Mitgehen nötigte. Sie war ein paarmal dort gewesen; als Gegenleistung für die Teilnahme bekam man eine halbe Stunde freie Nachhilfe in Mathe, Physik oder Chemie.

Von Enjuan war sie niemals in irgendeiner Richtung missioniert worden.

Erst nachdem sie den Brief von He Surong mehrmals gelesen hatte, verstand sie die Absicht dahinter. Die linken Studenten waren darauf aus, Anhänger zu rekrutieren. Und weil He Surong gesehen hatte, dass Zhao Jue aus begütertem Hause stammte, wollte sie sie für ihre Sache gewinnen, damit die Eltern vielleicht Geld zur Rettung des Vaterlandes spendeten.

Zhao Jue begriff, dass man sie für naiv hielt. Sie ließ den Brief unbeantwortet und sprach mit niemandem darüber, nicht einmal mit Enjuan.

Nach der Schule war sie dann doch nicht an die Uni gegangen. Weitblickend, wie ihre Eltern waren, wussten sie, dass man eine Tochter nur dann gut verheiraten konnte, wenn man sie früh unter die Haube brachte. Wer würde eine Sechzehnjährige verschmähen, selbst wenn sie nicht unbedingt schön war? Schon der Volksmund wusste: »Ein Mädchen von noch nicht achtzehn ist immer hübsch anzusehen.« Längst hatten die Eltern einen Ehemann für Zhao Jue ausgesucht, den sie gleich nach dem Schulabschluss heiraten sollte. Bei der Auswahl ihres Zukünftigen hatte natürlich auch das Finanzielle eine Rolle gespielt.

Zhao Jue widersetzte sich. Daraufhin gab es einen Riesenkrach, und sie bekam Hausarrest. Vor lauter

Ärger wurde sie krank. Enjuan und Yi Zhen kamen sie besuchen und wurden wider Erwarten sogar vorgelassen, wahrscheinlich weil Enjuan schon früher öfter zu Besuch gekommen war. Zhao Jues Mutter hatte sie immer als besonders vernünftig gepriesen, als natürlich und tüchtig und dabei so liebenswürdig und verbindlich.

Zhao Jue weinte in ihre Kissen und ließ den Tränen freien Lauf.

»Mach dir keine Sorgen. Alles wird gut«, versuchte Enjuan sie zu trösten.

Zhao Jue lächelte nur bitter. Vermutlich hatte Enjuan zu viele viktorianische Romane gelesen und dachte, dass die Eltern nun, da die Tochter krank darniederlag, ihre Haltung ändern würden. Ihre beiden Freundinnen besuchten inzwischen die St. Francis Xavier University, der Unterricht war indes ausgesetzt wegen der Bombardierung durch die Japaner.

Nicht lange nach dem Krankenbesuch entzog sich Zhao Jue den Heiratsplänen ihrer Eltern, indem sie bei verschiedenen Verwandten Zuflucht suchte. Sie wagte jedoch nirgends lange zu bleiben, um ihre Gastgeber nicht in Schwierigkeiten zu bringen. Enjuan schlug vor, sich auf einem nahe gelegenen Friedhof zu einem Spaziergang zu treffen, und da Zhao Jue keine Winterkleidung dabeihatte, trug sie über einer Hose den alten schwarzen Mantel ihres Onkels; beides war ihr viel zu groß und schleifte fast am Boden. Ihr Haar, das anlässlich der Verlobung eine Dauerwelle bekommen hatte, hatte sie kurz schneiden lassen und es, um ihre Entschlossenheit zu demonstrieren, anschließend selbst noch einmal gekürzt, bis ihre Frisur wie ein Männerhaarschnitt aussah, allerdings ganz fransig am Hinterkopf.

Plötzlich tauchte ein alter Weißrusse auf, der ihnen auf Englisch zurief: »Get out!« Vermutlich war der große, hagere Mann ein Friedhofswärter.

Als Zhao Jue sich von ihrem Schreck erholt hatte, entgegnete sie ärgerlich: »What's wrong?«

Sie beachteten ihn nicht weiter und gingen eine Runde, doch als sie das Ende des Pfads erreicht hatten, erschien er wieder und versperrte ihnen den Weg. Er hatte einen grauen Schnauzbart und schrie mit weit aufgerissenen Augen: »Get out! Now!«

Der Vorfall war höchst unangenehm. »Was ist bloß los mit diesem Kerl?«, murmelte Zhao Jue.

Enjuan lächelte nur, sie drehte sich einfach um und ignorierte ihn.

Zhao Jue war damals gar nicht in den Sinn gekommen, dass ihr zweifelhaftes Aussehen, weder Mann noch Frau, ihn wohl dazu veranlasst hatte, sie für ein lesbisches Paar zu halten.

Enjuan berichtete, dass sie in Dachang nun als Krankenschwester für verwundete Soldaten arbeitete. »Da war ein Junge, gerade mal achtzehn. Er hatte durch eine Granate drei Finger verloren und muss unsägliche Schmerzen gelitten haben. Außerdem hatte er eine große Wunde am Bein, aber die war längst nicht so schlimm wie die Sache mit den Fingern, die ja bekanntlich mit dem Herzen verbunden und besonders empfindlich sind. Trotzdem war er so lieb und beklagte sich nie. Bei jeder kleinen Handreichung machte er ein Gesicht, als sei ihm das schrecklich peinlich. Und er sah wirklich gut aus.«

Sie ist in ihn verliebt, dachte Zhao Jue, und empfindet eine beinahe religiöse Verehrung für ihn.

»Zhi Qi ist jetzt ständig mit dem Freund ihres Bruders zusammen. Jeden Tag ist sie bis spät abends bei ihm zu Hause«, erzählte Enjuan. Damit schien nicht alles gesagt, aber Zhao Jue fragte nicht weiter.

»Dieser Typ … den ganzen Tag spielt er bloß Billard.«

Zhao Jues Mutter hatte der Tante schließlich doch etwas von ihren Ersparnissen gegeben, weil sie die Tochter bei sich wohnen ließ. Dem Vater sagte sie nur, dass die Großmutter aus dem Landesinneren der

Tante Geld überwiesen habe – bei den älteren Herrschaften wusste man ja nie, woran man war.

Auch Zhao Jue hatte inzwischen die Aufnahmeprüfung für die St. Francis Xavier University bestanden, aber da sie ein Jahrgang unter Enjuan war, hatten sie kaum Gelegenheit, sich zu treffen.

»Noch ein paar Jahre studieren kann nicht schaden«, hatte die Mutter schließlich eingelenkt. »Zum Glück ist die Familie des Bräutigams bereit, auf dich zu warten.« Zhao Jue hingegen hegte die Hoffnung, an der Uni einen Kommilitonen kennenzulernen, denn dort gab es Studenten beiderlei Geschlechts.

Am Heiligen Abend schlug Enjuan ihr vor, sie in die Kirche zu begleiten, um das Glockenläuten zu hören.

»Endlich muss man nicht mehr am Weihnachtsgottesdienst teilnehmen, und jetzt kommst du daher«, sagte Zhao Jue lachend.

»Nein, die Messe sparen wir uns. Aber solche Glocken hast du noch nie gehört, die sind wirklich schön.«

Aus der Kirche schien das Licht durch die hohen bunten Glasfenster nach draußen. Immer mehr Menschen strömten hinein zum Gottesdienst, aber die beiden Mädchen spazierten nur auf dem Rasen vor der Kirche umher. Um Mitternacht ertönten die Glocken von mehreren Türmen gleichzeitig. Das Läuten verband sich auf harmonische Weise und bildete, mal anschwellend, mal abnehmend, einen großartigen wohlklingenden Chor.

Enjuan hatte sich längst vom Schlagerfan zur Liebhaberin klassischer Musik gemausert. Sie nahm beim ersten Geiger des Shanghaier Sinfonieorchesters Unterricht, auch er ein aus Mitteleuropa stammender, vor den Nazis geflohener Jude und angesehener Musiker.

Sie gestand Zhao Jue, dass sie ihren Lehrer verehrte, doch um nicht missverstanden zu werden, fügte sie rasch hinzu: »Er sieht irgendwie drollig aus, er ist klein und ein wenig bucklig, hat rote Haare, und der Jüngste ist er auch nicht mehr.«

Das fiel Zhao Jue wieder ein, als sie um Mitternacht den Glocken lauschten, und sie fragte Enjuan: »Findest du noch die Zeit, Geige zu spielen?«

»Nein, ich habe keinen Unterricht mehr«, kam die ausweichende Antwort. Enjuan schien zuerst nicht darüber reden zu wollen, murmelte dann aber doch: »Er hat mich missverstanden.« Ihre Stimme war kaum zu hören, und sie machte ein Gesicht, als wollte sie gleich in Tränen ausbrechen.

Zhao Jue war verblüfft. Was war vorgefallen? Hatte er versucht, sie zu küssen? Hatte er sie tatsächlich geküsst oder gar berührt? Sie wagte sich das nicht einmal vorzustellen, deshalb schwieg sie lieber.

Bevor Enjuan nach Chongqing fuhr, erwähnte sie noch: »Übrigens, Zhi Qi hat geheiratet. Den Freund ihres Bruders.« Mehr sagte sie dazu nicht.

Zhao Jues Vater hatte schließlich doch herausbekommen, dass sie heimlich Geld von der Mutter bekam. Wieder gab es Streit, und die finanzielle Unterstützung wurde eingestellt. Ihre Eltern hofften immer noch, dass sie nachgeben würde. Aus Trotz brach sie daraufhin das Studium ein Jahr vor dem Examen ab und verdiente ihr Geld als Schwarzmarkthändlerin zwischen Peking und Shanghai.

Während der Zeit an der Uni hatte Zhao Jue immerhin gelernt, sich hübsch zu machen. Enjuan war nach dem Krieg nach Shanghai zurückgekehrt, und an dem Tag, an dem sie Zhao Jue besuchte, trug diese einen rund geschnittenen Rock aus mittelblauer, weich fallender Seide. Er bestand aus einem Stück mit einer Öffnung in der Mitte für die Taille, die Außenkante bildete den Rocksaum. Er saß wie angegossen und schwang beim Gehen hin und her. Die weiße Seidenbluse, die sie dazu trug, hatte Ärmel wie ein Tutu und betonte ihre zarte, mädchenhafte Figur. Damals kleideten sich nur wenige Frauen im westlichen Stil, und Zhao Jue sah ein bisschen wie eine Japanerin aus. Sie trug jetzt keine Brille mehr, dafür aber blauen Lidschatten, den sie in der Mitte mit etwas Violett aufgehellt hatte. Diese zweifarbige Schattierung ließ die Augenhöhlen tiefer und das

Make-up natürlicher wirken. Das Haar hatte sie weit oben am Hinterkopf zu einem losen Knoten geschlungen. Eine Strähne hatte sich gelöst und schwebte, eine Handbreit vom Nacken entfernt, in der Luft.

»Deine Frisur ist gut, angenehm kühl«, sagte Enjuan lachend.

Zhao Jue indes hatte überrascht aufgeschrien, als sie die Freundin wiedersah: »Wie schlank du geworden bist! Das steht dir gut.«

»Das liegt an dem Kind. Selbst in der Nacht muss ich mehrmals aufstehen und Milchpulver zubereiten. Wenn der Kleine weint, nehme ich ihn auf den Arm und trage ihn im Zimmer herum. In der engen Wohnung gibt es keine andere Möglichkeit. Alle anderen werden mit aus dem Schlaf gerissen. Morgens muss ich früh raus, und dann bin ich den ganzen Tag auf den Beinen. Nie bekommt man genug Schlaf.«

Endlich brachte Enjuan ihre kurvenreiche Figur zur Geltung. Obwohl ihr Gesicht hager und von gelblicher Färbung war, wirkte es fein. Sie war ungeschminkt und trug einen Baumwoll-Qipao mit Blümchenmuster. Ihr Haar hatte keine Dauerwelle, es war genau wie früher in der Mitte gescheitelt und hinter die Ohren gesteckt. Ob das eine Folge der einfachen Lebensumstände im Landesinneren war oder ob Ben

Levy es so mochte, ließ sich nicht sagen. Vielleicht hielt er das für den eleganten Stil einer traditionellen Asiatin.

Sie hatte das Kind mitgebracht, einen pummeligen schwarzhaarigen Jungen.

»Ich habe schon wieder vergessen, wie es hier läuft, und den Rikscha-Kuli im Sichuan-Dialekt angeredet«, bemerkte sie lachend.

Sie äußerte sich nicht zu Zhao Jues vollkommen verändertem Aussehen. Bestimmt wusste sie schon von Yi Zhen, dass Zhao Jue bei ihrer Schwarzmarkttätigkeit einem nicht ganz seriösen Koreaner begegnet war. Es ging sogar das Gerücht, dass sie nach dem Krieg als professionelle Tanzpartnerin gearbeitet hatte.

»Endlich kann man wieder ins Kino gehen. Ich habe so viele gute Filme verpasst. Konntet ihr die im Landesinneren sehen?«, erkundigte sich Zhao Jue.

»Ganz in unserer Nähe gab es ein kleines Kino. Nach dem Abendessen sind wir regelmäßig hingegangen, ganz gleich, was gezeigt wurde.«

Zhao Jue lächelte erstaunt. »Ich kann mir gar nicht vorstellen, dass man ins Kino geht, ohne zu wissen, was für ein Film läuft.« Schließlich gab es doch die Vorschau, und dann erwartete man sehnlichst den Tag der Aufführung. Welch erhebendes Gefühl, wenn dann die Musik über einen hinwegbrauste und die langen purpurroten Samtvorhänge mit dem in Blaugrün und Silber gefassten Orchideenmuster sich langsam teilten!

»Wenn man den ganzen Tag beschäftigt und abends todmüde ist, will man sich bloß hinsetzen und Filme schauen. Da ist man nicht so wählerisch wie früher.«

»Wie sieht es denn im Landesinneren aus?«

»Nichts als alte, baufällige Häuser.«

»Kannst du dich mit Ben gut unterhalten?« Was die beiden füreinander empfanden, fragte sie lieber nicht.

»Woher sollen wir die Zeit zum Plaudern nehmen? Er liest ständig Krimis, sogar beim Zähneputzen«, erwiderte Enjuan in verächtlichem Ton.

Zhao Jue musste lachen.

»Aber im Bett verstehen wir uns. Ich kann mich noch erinnern, dass du damals über so was nicht reden wolltest.« Und dann fügte sie noch hinzu: »Wir sind zu beschäftigt, ständig im Stress. Manchmal kommen Freunde und bitten um einen Gefallen. Ben ist immer hilfsbereit und schlägt niemandem etwas ab. Überall heißt es: ›The Levys are such a generous couple …‹« Diesen letzten Satz sagte sie auf Englisch, und es war offensichtlich, dass damit amerikanische Freunde gemeint waren.

Immerhin waren die beiden gute Geschäftspartner, die ideale Grundlage für eine Beziehung.

Zhao Jue wohnte damals immer noch bei ihrer verwitweten Tante. Mitten im Gespräch wurde sie ans Telefon gerufen, und als sie anschließend ins Zimmer zurückkehrte, sagte Enjuan, die mitgehört hatte, überrascht: »Du sprichst ja inzwischen auch Shanghaierisch.«

»In Peking habe ich Leute aus Shanghai getroffen, die mit mir ihren Dialekt sprachen. Das Eingeständnis, ihn nicht zu beherrschen, wäre peinlich gewesen. Also habe ich einfach drauflosgeredet. Vielleicht habe ich es ja schon immer gekonnt, und es kam mir nur komisch vor, plötzlich damit anzufangen.«

Auf Zhao Jues Schwarzmarktgeschäfte im Norden kam Enjuan nur indirekt zu sprechen. »Du hast es sicher auch nicht einfach gehabt – so ganz allein für den Lebensunterhalt sorgen zu müssen …«, sagte sie.

Eine halbherzige Anerkennung, die gleichzeitig zu verstehen gab, dass sie mit dem Lebenswandel der Freundin keineswegs einverstanden war. Enjuan deutete ein Lächeln an, ohne sich weiter darüber auszulassen.

Unterdessen war ihr kleiner Sohn bis zum Rand des Sofas gekrabbelt. Sie holte ihn zurück und setzte ihn zwischen einen Haufen Kissen.

»Was Tui Xiangyi, den Koreaner, betrifft, so habe ich in ihm eher den mittelalterlichen Kavalier gesehen. Es gibt da vieles, das ich lieber gar nicht wissen möchte«, sagte Zhao Jue unvermittelt.

»War er eigentlich verheiratet?«, erkundigte sich Enjuan beiläufig.

»Ja, in Korea«, sagte Zhao Jue und fügte dann lächelnd hinzu: »Ich finde, Gefühle müssen nicht unbedingt ein Ziel haben und daher auch kein Ergebnis.«

»Das scheinst du ja hinlänglich ausprobiert zu haben«, sagte Enjuan im Scherz.

In dem Moment kam die Tante herein, und beide schienen erleichtert.

Sie plauderten noch eine Weile, dann meinte Enjuan, dass sie noch etwas zu erledigen habe und kurz wegmüsse, und ließ den Kleinen einfach bei ihr zurück.

Zhao Jue setzte ihn auf das mit einer Tagesdecke überzogene Bett. Dort krabbelte er herum und erreichte blitzschnell den Rand. Sie zog ihn wieder zurück, doch er arbeitete sich sofort wieder bis zum Rand vor. So ging das eine Weile hin und her, bis Zhao Jue nicht mehr konnte. Der Junge mochte an die zwanzig Pfund wiegen. Erschöpft lag sie auf dem Bett und hielt sein Fußgelenk umklammert. Weil er sich nicht mehr bewegen konnte, fing er prompt an zu weinen. Zhao Jue befürchtete, dass die Tante, die gerade ihr Mittagsschläfchen hielt, gestört würde. Da fiel ihr das schwarze Tuch ein, das sie über den Vogelbauer zu breiten pflegte, um das Gezwitscher zum Verstummen zu bringen. Sie faltete eine Zeitung auseinander und legte sie auf den Rücken des Kindes. Daraufhin schrie der Kleine noch lauter, krabbelte aber wenigstens nicht mehr herum.

Rasch schloss sie die Tür. An den Türrahmen gelehnt, betrachtete sie das Kind und kam sich vor wie die böse Stiefmutter von Schneewittchen.

Als Enjuan wieder zurückkam, erzählte sie ihr von dem Trick mit der Zeitung. Enjuan sagte nichts, fand es aber offenbar gar nicht lustig.

»Ich habe sie ihm ja nur ganz locker auf den Rücken gelegt«, verteidigte sich Zhao Jue, »nicht so, dass er keine Luft mehr bekam.«

Doch Enjuans Miene blieb ernst. Sie griff sich das Kind und sagte: »Ich muss jetzt gehen. Warum kommst du nicht mit zu mir? Wir wohnen immer noch im gleichen Haus wie früher. Bens Familie hat eine Wohnung in Hongkou, aber bei uns ist es etwas geräumiger.«

Natürlich musste sie Ben kennenlernen.

Mit einer Dreiradrikscha fuhren sie zu Enjuans

altem Zuhause, einem einstöckigen Reihenhaus in einer kleinen Gasse. Im Parterre hörte die jüngere Schwester Schallplatten. Der Vater wohnte irgendwo anders.

Enjuan nahm Zhao Jue mit nach oben. Ben trat von dem kleinen Balkon ins Zimmer. In dem beengten Raum wirkte er besonders groß. Er sah überhaupt nicht aus wie auf dem Foto, wahrscheinlich weil die Adlernase und das ausgeprägte Kinn bei der Frontalansicht nicht richtig herauskamen. Außerdem lächelte er nun nicht wie damals mit entblößten Zähnen. Gruppenbilder vermitteln häufig einen falschen Eindruck; womöglich waren diejenigen, die neben ihm standen, zufällig besonders groß, sodass er auf dem Foto vergleichsweise klein wirkte. Er trug immer noch die Brille mit dem schwarzen Rand, das dunkelbraune Haar war leicht gelockt und lichtete sich vorn bereits ein wenig – viele Westler werden früh kahl –, aber insgesamt machte er einen strengen, resoluten Eindruck. Schwer vorstellbar, dass er beim Zähneputzen Krimis las.

Nachdem sie sich die Hände geschüttelt hatten, fragte Ben unvermittelt: »Wie war das mit der ›intellectual passion‹?«

Zhao Jue lachte verlegen und wusste nicht, was sie antworten sollte. Sie hatte den Ausdruck einmal in einem Brief an die Freundin benutzt, als die beiden gerade geheiratet hatten. Er war ihr nur wegen Bens hoher Stirn und der Brille eingefallen und weil Enjuan in ihren Augen weder schön noch sexy war. Für sie konnte es sich folglich nur um eine Leidenschaft intellektueller Art handeln. Ihr wäre nicht in den Sinn gekommen, dass jemand das beleidigend fand.

Anscheinend befürchtete Enjuan, dass er Zhao Jue mit seiner Bemerkung in eine peinliche Situation gebracht hatte, denn sie rief ihrem Mann ein warnendes »Hey« zu und sah ihn finster an.

Zhao Jue vermutete, dass er sich nur aus Eifersucht so forsch gab, denn bestimmt sprach Enjuan oft von ihr.

Da sie und ihr Mann bald darauf ins Ausland gehen wollten, hatten sie viel zu erledigen, und so war Zhao Jue damals nicht lange geblieben. Nach dem kurzen Wortgeplänkel mit Ben hatte sie mit Enjuan nur leise über ihre eigenen Angelegenheiten geredet.

Wieder daheim, unterhielt sie sich mit ihrer Tante, die Enjuan von früheren Besuchen her kannte und wie die Mutter immer nur Gutes über sie zu sagen wusste. Nun schüttelte sie lächelnd den Kopf und sagte: »So eine jugendliche Überheblichkeit. Das ist ja unerträglich.«

Dieser unerwartete Kommentar brachte Zhao Jue zum Lachen. Denn sie hatte stets angenommen, nur sie selbst wäre neidisch auf Enjuan.

Danach hatten sich die beiden nicht wiedergesehen und auch keine Briefe mehr gewechselt. Als dann die Kommunisten kamen und Zhao Jue China ebenfalls verließ, hatte sie kurz vor ihrer Abreise noch einmal Enjuans Vater aufgesucht, um deren Adresse in Amerika zu erfragen.

Der Laden für Prothesen war noch immer derselbe, mit denselben Produkten in der Auslage. Der Vater schien kaum gealtert, lediglich ein wenig dicker und kahler, glich er einem wollüstigen buddhistischen Mönch mit über den grimmig starrenden Augen zusammengezogenen Brauen. Doch als er von Enjuan erzählte, strahlte er vor Freude.

»Ihr geht es jetzt wirklich ausgezeichnet! Sie hat es sogar geschafft, ihre jüngeren Geschwister nach Amerika zu holen und gut zu verheiraten. Bens Familie war noch früher drüben.«

Er gab Zhao Jue die Adresse von einer Universität im Nordwesten, ohne dass sie in Erfahrung bringen konnte, ob ihre Freundin dort unterrichtete.

Nachdem Zhao Jue das Festland verlassen hatte, schrieb sie Enjuan einen Brief und erkundigte sich nach der Situation in Amerika. Enjuan antwortete pflichtschuldig, aber distanziert, und Zhao Jue nahm, als sie in den USA ankam, keinen Kontakt zu ihr auf. Ben promovierte damals gerade, deshalb musste Enjuan wohl allein für den Lebensunterhalt sorgen.

Mehr als zehn Jahre vergingen, bis Zhao Jue der Freundin wieder schrieb. Ein Grund dafür war, dass sie damals gerade in der sogenannten Kulturhauptstadt wohnte, in einem Apartmenthaus für Dozenten und Akademiemitglieder, eine respektable Adresse also. Ihr Mann, Xuan Wang, war nach China zurückgekehrt, und sobald der Mietvertrag ausliefe, würde sie umziehen müssen. Sie wollte Enjuan bitten, ihr bei der Suche nach einer neuen Stelle zu helfen, wobei ihr die Adresse hilfreich wäre. Auch Xuan Wang war eine »Heimkehr« von hier aus vermutlich vorteilhafter erschienen. Sie selbst jedoch hatte nicht mit nach China zurückgehen wollen, und er konnte sie schlecht ganz ohne finanzielle Unterstützung zurücklassen. Zudem hatte er noch eine große Familie in Taiwan, die von ihm abhängig war. Die wenigen Ersparnisse, über die sie verfügten, waren dafür draufgegangen.

Momentan hatte sie noch keine Schwierigkeiten, ein Auskommen zu finden, aber sie wollte nicht warten, bis sie in eine ausweglose Lage geriet. Dann wäre es umso unangenehmer, jemanden um Hilfe zu bitten. Als sie getrennt von Xuan Wang in Washington, D. C. lebte, hatte sie keinen Cent besessen, und ohne akademischen Abschluss war es ihr unmöglich, eine Arbeit zu finden. Selbst damals hatte sie sich nicht bei Enjuan gemeldet, wohl wissend, dass diese sich in derselben Stadt aufhielt.

Diesmal erwähnte sie in ihrem Brief nur, dass sie eine kleine Nebenbeschäftigung suche. Sie bat Enjuan, sich ein wenig umzuhören, es habe keine Eile. Ein Wiedersehen erwähnte sie nicht. Ihre derzeitigen Lebensumstände unterschieden sich zu sehr von denen der Freundin, und die Entscheidung, ob sie sich trafen, lag nicht bei ihr selbst.

Enjuans Antwort bestand aus einem einzigen Satz und der klang ziemlich unwirsch. »Das geht wohl nicht, ohne dass wir uns sehen.« Offenbar nahm sie an, dass Zhao Jue ein Treffen scheute, sei es aus Neid auf den Reichtum der anderen oder aus Scham über die eigene Armut.

In ihrem Antwortbrief schrieb Zhao Jue: »Ich könnte nach D. C. kommen, dann treffen wir uns für ein paar Stunden, und anschließend fliege ich wieder zurück. Oder du besuchst mich, wenn du sowieso mal unterwegs bist. Hier zu übernachten ist kein Problem. Es gibt zwei Zimmer, ein Bett für dich steht immer bereit.«

Während der Jahre mit Xuan Wang war sie wegen seines beruflichen Fortkommens dauernd unterwegs gewesen, Flüge waren an der Tagesordnung. Wenn er auf Stellensuche war, musste er sich ständig zu Vorstellungsgesprächen mit irgendwelchen Fakultätsleitern treffen. Man verabredete sich dann beim Umsteigen in Chicago einfach für ein paar Stunden auf dem O'Hare-Flughafen, das war für beide Seiten praktisch.

Wenig später schrieb Enjuan, sie werde Ende des Monats vorbeikommen und sie besuchen. Sie würde ihre jüngste Tochter mitbringen. Aus dem *Time*-Magazin wusste Zhao Jue, dass sie mittlerweile vier Kinder hatte, einen Sohn und drei Töchter.

Natürlich ließ Zhao Jue sie wissen, dass sie willkommen seien. Insgeheim aber überlegte sie, noch jemanden einzuladen, weil sie fürchtete, die Freundin würde ihr sonst womöglich die Ohren volljammern. Kurz vor der Verabredung telefonierten sie noch einmal, um den genauen Termin festzulegen.

Am Mittag des vereinbarten Tages klopfte es zweimal leise an der Wohnungstür. Als Zhao Jue öffnete, war sie wie geblendet. Enjuan schwebte in einem leuchtend grünen Kleid herein und umarmte sie lachend. Selbstverständlich trug sie Markenkleidung, einfach, aber elegant, sodass niemand auf die Idee gekommen wäre, sich zu fragen, ob ein so knalliges Grün für eine Frau zwischen vierzig und fünfzig überhaupt passend war. Ohnehin sah sie eher aus, als hätte sie gerade mal die dreißig überschritten. Wie bei reichen Amerikanerinnen üblich, war ihre Haut sommerlich gebräunt. Ihr Gesicht hatte die Farbe ingwergelber Lederwaren, das Haar trug sie in einer schlichten Innenrolle.

Noch bevor Zhao Jue ansetzen konnte, etwas zu sagen, las ihr eine lächelnde Enjuan schon vom Gesicht ab, wie überrascht sie von ihrem unerwartet guten Aussehen war.

»Du siehst noch genauso aus wie damals, als du aus Chongqing zurückkamst«, stellte Zhao Jue endlich fest. Enjuan hatte tatsächlich kein bisschen zugenommen.

Dann warf sie einen Blick hinter ihre Besucherin. »Wo ist denn deine Tochter? Noch im Wagen?« Sie senkte die Stimme. Vielleicht ließe sie es besser dabei. Hatte Enjuan womöglich in letzter Minute beschlossen, das Kind doch nicht mitzunehmen?

Enjuan murmelte etwas, was Zhao Jue nicht richtig verstand, sie wollte aber nicht nachfragen. Sie nahm an, dass der Wagen bereits weggefahren war. Hier gab es keinen Flughafen, und jemand in Enjuans gesellschaftlicher Stellung würde eine so lange Strecke bestimmt nicht selbst fahren. Ein Chauffeur war hier ein Luxusartikel, den man nur guten Bekannten gegenüber erwähnte. Sie würde ihn sicher nicht vor dem Haupteingang anhalten und dann dort warten lassen, um mit ihrem Reichtum zu protzen.

»Kaffee?«, fragte Zhao Jue und brachte zwei Tassen. »Wie geht's Ben?« Sie erwähnte ihn mit einem Lächeln nebenbei, ohne auf die Frage wirklich eine Antwort zu erwarten.

Enjuan schaute sich in dem recht großen Wohn-Schlafzimmer um. Mit seinen gewölbten Fensterscheiben wirkte es eher altmodisch. Dann bemerkte sie lachend: »Hast du nicht von zwei Zimmern gesprochen?«

»Ursprünglich hatten wir zwei, aber dann wurde hier oben eine Ein-Zimmer-Wohnung frei. Da bin ich umgezogen.«

Enjuan äußerte nur ein unbestimmtes »Ach so«, doch ihr Lächeln blieb skeptisch.

Zhao Jue war verunsichert. Hatte die Freundin das Gefühl, unter falschen Vorgaben hergelockt worden zu sein? Aber warum sollte sie, Zhao Jue, so etwas tun? Befürchtete Enjuan etwa, dass sie, wo es offensichtlich nur ein zweites Bett im gleichen Raum gab, die ganze Nacht über mit ihr würde reden müssen? Allmählich überkam Zhao Jue Verzweiflung, und sie war so konsterniert, dass sie Enjuan nicht einmal darauf hinwies, im Brief ja bereits die Nummer der neuen Wohnung angegeben zu haben, 507 und nicht wie früher 502.

Aber Enjuan wechselte unvermittelt das Thema. »Die Männer tragen das Haar jetzt länger. Was meinst du dazu?«

»Mein Geschmack ist das nicht.«

»Wie altmodisch du doch bist«, murmelte Enjuan ein wenig irritiert. »Du magst es wohl eher, wenn es hinten ganz glatt ist?« Mehr sagte sie nicht dazu.

Zhao Jue konnte sich auch nicht erklären, warum

sie den hinteren Haaransatz bei Männern so anziehend fand. Genau wie bei den Japanern, wo Hals und Nacken einer Frau als besonders erotisch galten, weshalb sie schneeweiß gepudert aus dem Kimono hervorschauen mussten. Auch wenn Männer das Haar nicht besonders lang trugen – vor allem Chinesen mit ihren glatten Haaren –, sah das in ihren Augen wie die »Entenschwanzfrisur« einer älteren Frau aus.

Zhao Jue sprach Mandarin mit Enjuan. Seit sie als Schwarzmarkthändlerin in Peking unterwegs gewesen war, beherrschte sie das Standardchinesische perfekt. Eigentlich war das auch beim letzten Mal schon der Fall gewesen, aber nun beklagte sich Enjuan plötzlich darüber.

»Wie kann man seine Aussprache so vollkommen ändern? Du klingst wie jemand anders«, sagte sie, indem ihre Stimme immer leiser wurde, so als spräche sie zu sich selbst, ein quengelndes Kind, kurz bevor es in Tränen ausbricht.

Zhao Jue war gerührt, ließ es sich aber nicht anmerken und sagte lachend: »Ich kann nicht mehr so reden wie früher. Seit ich von Zuhause weg bin, habe ich keine Gelegenheit, meinen Heimatdialekt zu sprechen. Sogar meine Tante redet jetzt anders.«

Enjuan dachte eine Weile nach und schien das einleuchtend zu finden.

»Wir könnten ja Shanghaierisch sprechen«, schlug Zhao Jue vor.

Enjuan schüttelte nur den Kopf.

»Jedes Mal, wenn ich Judy Holliday sehe, muss ich an dich denken«, sagte Zhao Jue unvermittelt.

Enjuan sah im Geiste offenbar die bereits verstorbene Schauspielerin vor sich – pummelig, blond und keine besonders gute Stimme –, denn sie schien nicht gerade erfreut.

Zhao Jue, die immer noch die eher dickliche Enjuan von früher vor Augen hatte, beeilte sich zu sagen: »Ich habe dabei an deine ›betörenden Jadearme‹ gedacht.«

»Ay yo«, erwiderte Enjuan auf Shanghaierisch, was so viel heißen sollte wie: »Ach, diese alte Geschichte!«

»In Laufweite gibt es hier nur ein ordentliches Lokal«, sagte Zhao Jue. »Allerdings bieten sie bloß kalte Küche an, und man muss ewig anstehen.« Wie konnte man der Enjuan von heute zumuten, Schlange zu stehen! »Deshalb war ich schon gestern Abend dort und habe etwas für uns geholt. Wenn du nichts dagegen hast, essen wir einfach hier zu Hause.«

Natürlich war Enjuan einverstanden.

Die Wohnung war bereits möbliert gewesen. Der achteckige Tisch aus Eiche war tatsächlich ein altes Stück. Der wie eine Steinvase geformte Fuß in der Mitte war zu einem durchscheinenden Gelb poliert. Leider hatte die Tischplatte einen Riss. Zhao Jue mochte keine Tischdecken und hatte stattdessen einen runden Spiegel daraufgelegt, der in der Größe genau passte. Darüber hatte sie einen Tischläufer aus feinem Leinen gebreitet, senfgelb und mit orangeroten Fischen bedruckt. Xuan Wang hatte eine ganze Sammlung von Aschenbechern besessen, und einer davon, ein einfacher Glasteller, stand jetzt, mit Wasser gefüllt, auf dem Spiegel. Auf dem Wasser schwamm eine gelbe Rosenblüte. Als Zhao Jue am Morgen den Tisch gedeckt hatte, dachte sie unwillkürlich: »Blumen im Spiegel. Mond im Wasser«.

Sie hatten keine Kinder, und darüber war Xuan

Wang zweifelsohne enttäuscht gewesen. Tief innen hatte sie immer schon gewusst, dass er auch deshalb weggegangen war, um sich von ihr zu befreien.

Zhao Jue holte eine längliche Porzellanplatte mit Aufschnitt aus dem Kühlschrank und stellte sie auf das Tuch mit dem orangeroten Fischmuster. Den Kartoffelsalat hatte sie auch in dem Lokal besorgt, er war noch in der Originalverpackung. Sie hatte ihn absichtlich nicht in eine Schüssel umgefüllt für den Fall, dass die Freundin ihren Kochkünsten misstraute. Dazu servierte sie zwei Gläser mit portugiesischem Sherry in einer passablen Qualität.

Enjuan warf einen Blick auf den Tisch ohne Tischdecke. Erst nachdem sie sich überzeugt hatte, dass kein Staub die Oberfläche des Spiegels bedeckte, griff sie zum Besteck.

Beim Essen erkundigte sie sich beiläufig: »Warum ist er eigentlich nach China zurückgekehrt?«

»Xuan Wang hat die Zeit der Machtergreifung durch die Kommunisten nicht richtig miterlebt«, erklärte Zhao Jue. »Er war damals schon im Ausland. Seine Familie ist nach Taiwan gegangen, auch sie hat er nur zweimal besucht. Ich habe kaum mit ihm über die Situation auf dem Festland geredet, und er kam nie darauf zu sprechen.«

Dann fügte sie noch hinzu: »Eine linke Einstellung

gehört in Amerika mittlerweile zum guten Ton. Die Studenten haben ihn oft über die chinesischen Kommunisten ausgefragt, und er hatte sich vorgenommen, ihnen einigermaßen objektiv zu antworten. Aber vielleicht funktionierte das bei ihm so wie im Behaviorismus: Wenn man sich etwas lange genug einredet, hält man es am Ende für wahr.«

Was sie indes nicht erwähnte, war, dass Xuan Wang unter einem Minderwertigkeitskomplex gelitten hatte. Als Sprachlehrer rangierte er in der Institutshierarchie unter denen, die chinesische Literatur unterrichteten. Außerdem war sein starker Jiangxi-Dialekt für den Sprachunterricht nicht gerade ideal. Dass die chinesischen Kommunisten über die Atombombe verfügten, freute vor allem Leute mit Komplexen.

»Du bist ja gut. Wie hast du das alles ausgehalten, ohne einen Nervenzusammenbruch zu kriegen?«, erwiderte Enjuan.

»Das war auch der Grund, warum wir uns vor zwei Jahren schließlich getrennt haben. Sein Lebenswandel war schon damals ziemlich schlimm. Dazu kam die lockere Einstellung der heutigen Studentinnen. Sonst hätte er gar nicht so viel Gelegenheit gehabt.«

Mehr wollte sie dazu nicht sagen. Womöglich hatte Enjuan eine Tochter, die bereits an die Uni ging.

Zhao Jue und Xuan Wang waren damals gerade in eine kleine Universitätsstadt im Nordosten der USA gezogen. Gleich nach der Ankunft wollte er unbedingt das Auto zur Reparatur bringen, und sie hatte beim Auspacken der Koffer festgestellt, dass einige Kleinigkeiten zu besorgen waren. Mit einem Blick auf die Armbanduhr stellte sie fest, dass es erst halb sechs war und die Drogerie noch geöffnet hatte. Es konnten nur ein paar Schritte sein, ihre Wohnung lag recht nah an der Hauptstraße, auch wenn einem in fremder Umgebung die Wege immer besonders weit vorkommen.

Nachdem sie den Einkauf erledigt hatte, musste sie wieder die Hauptstraße überqueren. Es war bereits dunkel, und die Straße lag öde und verlassen da, mit Feldern zu beiden Seiten. Es gab weder Beleuchtung noch Wegweiser, nicht einmal Reklametafeln, sodass sie den Heimweg nicht mehr fand und sich vollkommen verirrte. Auf der Straße war kaum noch Verkehr. Nach einer Ewigkeit kam ein Lastwagen vorbei, der wie ein Holzschuh aussah, nur ohne die hintere Kappe. Doch er fuhr einfach weiter.

Zhao Jue war schon ganz verzweifelt, als ihr schließlich eine Gruppe junger Frauen und Männer entgegenkam, offenkundig Studenten. Das war die Rettung, dachte sie, rasch fragte sie nach dem Weg. Es ist ja allgemein bekannt, dass einen die Amerikaner lieber in die falsche Richtung schicken, als zuzugeben, dass sie sich nicht auskennen, zumal in einer so kleinen Universitätsstadt. Wenn hier ein Fremder, der kein Student war, nach dem Weg fragte, so musste es sich um eine Lehrkraft oder deren Angehörige handeln, nicht um einen Auswärtigen. Doch diese jungen Leute hier sagten gar nichts. Selbst im Dunklen war ihr reservierter Gesichtsausdruck nicht zu übersehen. Irgendwie wirkten sie verlegen und wollten ganz offensichtlich nicht in ein Gespräch verwickelt werden. Zhao Jue war wie vor den Kopf gestoßen, es blieb ihr nichts anderes übrig, als langsam hinter ihnen herzugehen. Sie versuchte es noch einmal bei den Nachzüglern und sprach nur die Mädchen an, die sie jedoch ebenfalls abweisend behandelten, ohne ihre Frage nach dem Weg zu beantworten.

In den letzten Jahren, genauer, seit den Protesten gegen den Vietnamkrieg konnte einen das Verhalten junger Menschen, ganz gleich was sie taten, nicht mehr sonderlich überraschen. Außerdem war sie Asiatin, und womöglich hassten sie alle Asiaten, ausgenommen den Vietkong. So zumindest erklärte sie sich die Reaktion der Studenten. Sie wusste sich keinen anderen Rat, als ihnen zu folgen, mal langsamer, mal schneller, immer in der Hoffnung, dass sich vielleicht jemand aus der Gruppe gesprächig zeigte oder sie in eine bewohnte Gegend kämen. Die meisten trugen nichts bei sich, einige hatten Büchertaschen dabei, aus denen Thermosflaschen ragten; sie sahen aus wie Postsäcke. Das Seltsame war, dass sie auch untereinander kein Wort wechselten. Oder lag das an ihrer Gegenwart? Es war Jahre her, dass ihr He Surong in einem Brief von den abendlichen Treffen am Lagerfeuer vorgeschwärmt hatte, und nun war sie, am anderen Ende der Welt, in eine ähnliche Situation geraten, doch ihr war nicht wohl dabei.

Vor ihnen lag ein Waldstück, man konnte die grauweißen Stämme in der Dunkelheit nur schwer erkennen. Hier im Norden, unweit der kanadischen Grenze, wurde es abends bereits im Frühherbst rasch kühl und dunkel. Sie entfernten sich immer weiter von der Stadt; irgendetwas stimmte hier nicht. Sie fasste sich ein Herz, machte kehrt und verließ die schweigende Gruppe.

Wie eine Blinde tappte sie allein durch das Dunkel, bis sie nach einiger Zeit wieder auf die Hauptstraße stieß und schließlich auch den Weg nach Hause fand.

Am nächsten Tag kam Professor Campbell zu Besuch. Er hatte Xuan Wang die Stelle vermittelt und ihnen auch die Wohnung besorgt.

»Gestern auf dem Heimweg von der Drogerie habe ich mich verlaufen. Es war schon dunkel«, erzählte Zhao Jue. »Ich habe eine Gruppe Studenten getroffen und nach dem Weg gefragt, aber sie wussten auch nicht Bescheid. Also bin ich mit ihnen mitgegangen, fast bis zum Wald. Da wurde mir klar, dass es die falsche Richtung war, und ich bin umgekehrt.«

Plötzlich merkte sie, dass Professor Campbell rot anlief.

Da endlich verstand sie: Die jungen Frauen und Männer waren unterwegs zum Gruppensex gewesen. Es handelte sich hier wohl nicht um Freikörperkultur im buddhistischen Sinne, sondern eher um ein Stelldichein im Schutz der Dunkelheit, jedes Pärchen unter einem Baum. Vielleicht hatte sie das auch am gestrigen Abend schon geahnt, es aber nicht wahrhaben wollen.

»Ich sollte mir wohl besser eine Taschenlampe kaufen«, sagte Zhao Jue lachend.

»Ja, das wäre eine gute Idee«, pflichtete Professor Campbell ihr bei.

Xuan Wang murmelte lediglich: »Wir haben ja eine, aber die Batterien sind leer.«

Darauf begann Professor Campbell über die sexuelle Revolution und das heutige Studentenleben zu sprechen. Die Sache an sich schien ihn nicht zu beunruhigen, eher die Tatsache, dass sie beinahe in diesen Strudel hineingezogen oder gar in den Skandal einer Vergewaltigung verwickelt worden wäre.

»Wir waren damals auch nicht anders«, erzählte er lachend. Dabei war er selbst gerade mal Anfang dreißig. Er schien damit hervorheben zu wollen, dass er jünger war als sie beide und sein Studium noch nicht so lange zurücklag. Tatsächlich war Xuan Wang in China schon ein paar Jahre berufstätig gewesen, bevor er als über Dreißigjähriger in die USA gekommen war, um seinem Leben notgedrungen noch ein paar Jahre Studium hinzuzufügen.

»Heutzutage stehen die hübschen Mädchen bestimmt unter großem Druck«, bemerkte Professor Campbell.

Seine Sicht der Dinge war freilich etwas einseitig. Xuan Wang war zwar nicht besonders groß, aber schlank und gut aussehend, und man sah es ihm nicht an, dass er mittlerweile über vierzig war. Amerikaner behaupten ja sowieso, das Alter von Asiaten nicht schätzen zu können. Wegen seiner mangelhaften englischen Aussprache war er meist schweigsam. So ein zierlicher, geheimnisvoller Asiate entwickelte, noch dazu in einer Kleinstadt, eine erstaunliche erotische Anziehungskraft.

Studentinnen, die Fragen zu den chinesischen Kommunisten hatten oder chinesische Langflöte, Kung-Fu oder Karate lernen wollten, kamen alle zu ihm! Zhao Jue und Xuan Wang hielten es zunächst noch für einen Scherz. Denn bisher hatten sie ein isoliertes Leben geführt, waren alle zwei Jahre in eine andere kleine Universitätsstadt gezogen und hatten kaum Kontakt zu Studenten, Kollegen oder Einheimischen gehabt. Zhao Jue war es wie eine Verlängerung ihrer Flitterwochen erschienen. Nun war Xuan Wang auf einmal Hahn im Korb, und anfangs hatte sie auch nichts dagegen einzuwenden. Die Studenten, die sich für Chinesisch als Wahlfach entschieden, machten sich oft Illusionen über die chinesischen Kommunisten, alle kannten sie das Lied »Der Osten ist rot«. Ein besonders begabter Schüler hatte den Titel des Liedes als Spitzname für ihren Lehrer eingeführt.

Eines Tages entdeckte Zhao Jue in der Tasche an

der Innenseite der Wagentür ein Bikinihöschen aus Nylon, durchsichtig und mit kleinen Vergissmeinnichtblüten bestickt – trotzdem hatte seine Besitzerin vergessen, es wieder anzuziehen.

Seither wurde es Zhao Jue jedes Mal übel, wenn sie im Auto saß.

»Hier sieht man das nicht so eng. Es bedeutet mir nichts. Warum nimmst du es dir so zu Herzen?«, hatte er sie zu beschwichtigen versucht und damit wohl sagen wollen, dass man sich den hiesigen Gepflogenheiten anpassen sollte. Wenn etwas billig zu haben war, musste man zugreifen.

Danach kam Cindy.

Der Mensch ist von Natur aus polygam, gleichzeitig aber auch für ein Leben als Mann und Frau bestimmt.

Und obgleich sie es hinnahm, hatte sich für sie doch alles grundlegend geändert; nichts war mehr wie früher.

»Vielleicht war seine Rückkehr nach China auch eine Art Sühne. Nach dem lasterhaften Leben, das er hier geführt hat, wollte er sich den Strapazen des ›Landesaufbaus‹ stellen.« Auf die Übersättigung folgte Ernüchterung; deshalb hat er Amerika auch immer verachtet, dachte sie bei sich.

Sie holte noch ein Schälchen mit Crème brûlée aus dem Kühlschrank und servierte es auf einem Teller. »Ich wusste nicht, ob deine kleine Tochter alles mag. Das hier, dachte ich, würde ihr vielleicht schmecken. Es stammt auch aus dem Lokal.«

Pflichtschuldig aß Enjuan die Crème anstelle ihrer Tochter. Offensichtlich musste sie keine Diät halten, um schlank zu bleiben.

Anschließend warf sie einen Blick auf ihre Armbanduhr. »Ich nehme den Zug.«

»Dann begleite ich dich zum Bahnhof.«

»Es ist wirklich schwierig, in Kontakt zu bleiben, wenn man in verschiedenen Städten lebt.«

»Ach, so schlimm ist das gar nicht«, erwiderte Zhao Jue. »Ich könnte mit dem Flugzeug kommen. Dann bleiben uns ein paar Stunden, und du kannst mir das Haus zeigen. Es ist bestimmt sehr schön.«

»Meinst du wirklich?«, entgegnete Enjuan lächelnd. Die Frage klang wie aus dem Englischen übersetzt. Sie schien irgendwie falsch zu sein und war schwer zu deuten. Sicher wollte sie damit nicht sagen: »Glaubst du wirklich, dass unser Haus schön ist?«, sondern eher: »Glaubst du im Ernst, dass du wegen ein paar Stunden das Flugzeug nehmen würdest?« Und wenn du erst mal da bist, wirst du so schnell nicht wieder gehen.

Es war nun schon das zweite Mal, dass Enjuan ihren Worten keinen Glauben schenkte, und das war auch kaum verwunderlich. Bestimmt hatte dieser Mr. Steward irgendeine Bemerkung fallen lassen. Schon damals war ihr aufgefallen, wie klein der Kreis der Chinesen in Washington, D. C. war, und Steward hatte ganz gewiss überall herumerzählt, in welcher Bedrängnis sie war. Wer arm ist, dem glaubt man nicht; was auch immer er sagt, bedarf der Bestätigung durch einen Bürgen. Dabei verband sie mit Enjuan doch von Kindheit an eine enge Freundschaft.

Nachdem sie sich seinerzeit von Xuan Wang getrennt hatte, war sie nach D. C. gegangen. Sie hatte gehört, dass es beim Außenministerium fest angestellte Simultandolmetscher für Chinesisch, Japanisch, Russisch, Französisch, Deutsch, Italienisch, Spanisch, Portugiesisch und Arabisch gab. Für die Sprachen kleinerer Länder wurden nur Zeitverträge ausgestellt, und die Anforderungen waren angeblich nicht besonders hoch; man musste es bloß schaffen, auf die Liste zu kommen. Während ihrer Zeit mit Tui Xiangyi hatte sie fließend Koreanisch gelernt und konnte auch Texte lesen. Deshalb hatte sie die entsprechende Abteilung beim Sprachendienst des Auswärtigen Amtes aufgesucht und war von Steward, dem Simultandolmetscher für Chinesisch, empfangen worden. Später hörte sie dann von anderen, dass der eigentliche Abteilungsleiter für den Nachrichtendienst tätig war, sein Name war nur ein Schild an der Bürotür. Steward, ein alter Hase im Geschäft, erledigte die meisten dienstlichen Angelegenheiten.

Zhao Jue hatte in Washington eine Weile in den Tag hineingelebt, bis die nächste Prüfung für Simultandolmetscher stattfand. Zur Überbrückung holte sie sich Dokumente von einem Sekretärinnenservice, die sie abtippte. Außerdem hatte Steward sie an eine Übersetzungsagentur empfohlen, und nach einer Probeübersetzung gab man ihr immer wieder einige Seiten chinesische oder koreanische Texte. Doch die Entlohnung war schlecht, und es war streng untersagt, die Manuskripte persönlich abzuliefern. Man mied die Flüchtlinge wie schmutziges Wasser, was Zhao Jue als sehr demütigend empfand.

Sie bestand die Prüfung als Simultandolmetscherin mit gutem Ergebnis, und ihr Name wurde als Reservekandidatin ins Register eingetragen.

Kurz darauf fand ein Bankett für koreanische Beamte statt, bei dem auch die Dolmetscherin in Abendgarderobe erscheinen musste, was für sie ein gewisses Problem darstellte. Für zierliche Asiatinnen gab es in Amerika keine passende Kleidung zu kaufen; selbst kleine Amerikanerinnen konnten nur ganz einfache Sachen bekommen, Modisches gab es in ihrer Größe nicht. Normalerweise kleidete sich Zhao Jue mit schlichten Stücken aus der Jungenabteilung ein, aber zu einem so festlichen Anlass konnte sie unmöglich Hosen tragen. Einen Qipao besaß sie auch nicht, und die Zeit war viel zu knapp, um einen anfertigen zu lassen. Zudem konnte sie sich das gar nicht leisten.

Also besorgte sie sich ein paar Meter jadegrünen Voile. Sie faltete den durchsichtigen Stoff der Länge nach zusammen und nähte ihn mit einer einzigen Naht seitlich ab, sodass eine Art Schlauch entstand. Diesen Schlauch zog sie sich über und befestigte ihn an der linken Schulter mit einem Knoten, die rechte blieb frei. Die lange Robe fiel schräg hinab, sodass sich von selbst ein geradezu griechisch anmutender Faltenwurf ergab. Auf der linken Seite hatte sie einen Schlitz gelassen, der das Gehen erleichterte. Auch das Säumen hatte sie sich gespart. Ihre Seidenstrümpfe reparierte sie mit Nagellack.

Dazu kaufte sie noch ein paar Meter knallroten dünnen Nylontaft als Unterkleid, den sie im Stil eines malaiischen Sarong um sich schlang. Die Schultern blieben frei, und sie nähte das Futter nur an Brust und Rücken fest. Ihr Busen war nicht besonders groß, und damit das Ganze nicht rutschte, musste sie es gut befestigen. Rot und Grün bildeten einen reizvollen Kontrast, die Mischung beider Farben ergab einen Ockerton, schillernd wie ein goldener Nebel, der sehr gut zu ihrem etwas angegriffenen Gesicht und der immer noch jugendlichen Figur passte.

Schuhe aufzutreiben war keine Herausforderung. In den Regalen mit Sonderangeboten standen stets die besonders großen oder kleinen Größen. Das hochhackige Modell, für das sie sich entschied, entsprach zwar nicht mehr ganz der neuesten Mode, auch die Farbe stimmte nicht genau, aber zum Glück war das Kleid bodenlang, sodass man es nicht bemerkte.

Ihre Garderobe für dieses festliche Bankett war nicht nur ansehnlich, sondern ein richtiger Hingucker. Und beim nächsten Anlass brauchte sie einfach nur blauen oder schwarzen Voile zu kaufen, um das Ganze in eine neue Kreation zu verwandeln. Das Unterkleid war ja bereits da.

Für einen solchen Dolmetschauftrag bekam man hundert Dollar pro Tag. Das kam zwar nicht oft vor, aber wenn sie nebenbei noch tippte und kleinere Texte übersetzte, kam sie gerade so über die Runden. An jenem Abend war auch Steward anwesend, und kurz darauf rief er sie an, um einen Gesprächstermin zu vereinbaren. Offenbar hatte er ihr etwas mitzuteilen.

Er holte sie mit dem Auto ab. »Wir könnten irgendwo hinfahren und etwas essen«, schlug er vor.

»Nicht nötig. Fürs Abendessen ist es noch zu früh, ich bin nicht hungrig.«

Er sah aus wie sie in ihrer Hässliches-Entlein-Phase, nur dicker und mit Bauch – eine Art verkürzte Kakerlake.

»Dieser Mantel steht Ihnen aber gut«, sagte er, wobei er sein Chinesisch mit englischen Ausdrücken mischte.

»Thank you.« Unwillkürlich antwortete sie auf Englisch. Es war das oberflächliche Kompliment eines Ausländers, doch aus seinem Mund klang es, als hätte er den Mantel schon einmal gesehen und wüsste, dass es ein altes Stück war, das sie nur etwas umgearbeitet hatte. Ein weit geschnittener Mantel in Anthrazitgrau, mit Ärmeln, die wie Lampions aussahen und von weißem Pelz eingefasst waren. Sie hatte die Knöpfe versetzt, damit der Mantel ein asymmetrisches Vorderteil bekam und an der Taille deutlich enger wurde.

Sie fuhren in die Innenstadt. In der Nähe des Kapitols mussten sie an einer Ampel halten und auf Grün warten.

»Suchen wir uns ein Café, wo wir uns unterhalten können«, schlug er vor.

»Nicht nötig. Können wir nicht irgendwo in der Nähe parken und im Wagen reden?«

Auf einer Verkehrsinsel standen mehrere Autos, alle leer. Er zögerte einen Moment, bog dann aber doch ein und zwängte sich in eine Parklücke.

Ein in dieser belebten Gegend geparkter Wagen würde nicht auffallen; im Melonenfeld oder unter Pflaumenbäumen hingegen erregte man, wie ein chinesisches Sprichwort wusste, leicht Verdacht.

Der kalte blaue Himmel mit einem Hauch von Violett, so typisch für D. C., war selbst gegen Abend noch leuchtend und klar. Die Stadt war auch für ihre gute Fernsicht bekannt, nicht nur für die klassizistischen weißen Gebäude mit den zahlreichen Türmchen und jadegrünen Dächern mit ihrer Kupferpatina. Jetzt, mitten im Berufsverkehr, flossen die Autos dahin wie Wasser. Die Straßenlaternen aus schwarzem Gusseisen ragten hoch auf, verzweigten sich oben in elegant geschwungene Bögen und trugen tropfenförmige Zwillingslampen.

Er erzählte ihr, dass der Abteilungsleiter möglicherweise bald versetzt werde und falls er die Stelle bekäme, würde er sie als Simultandolmetscherin fürs Chinesische empfehlen.

»Ich weiß natürlich nicht, ob Sie vorhaben, weiterhin in D. C. zu bleiben. Oder haben Sie vielleicht anderweitige Pläne? Bekommen Sie denn noch Post aus New Hampshire?« Xuan Wang unterrichtete dort.

Sie lachte. »Briefe bekomme ich schon, aber solange ich hier Arbeit habe, bleibe ich in D. C. Und eine Festanstellung wäre natürlich noch besser.«

Sie saß ein wenig nach hinten gelehnt. Es war nicht kalt, doch sie hatte die Hände tief in den Taschen ihres Mantels vergraben.

Er war ein verheirateter Mann, und sie hatte nicht unbedingt das Gefühl, dass er ein Auge auf sie geworfen hatte. Vielleicht wollte er auch nur mal sehen, wie sie reagierte.

Zhao Jue empfand nichts als Abneigung, und insgeheim lachte sie hämisch, ohne sich davon etwas anmerken zu lassen. Es wäre nicht ratsam, ihn sich zum Feind zu machen. Abwesend und mit einem feinen Lächeln auf den Lippen betrachtete sie ruhig das Geschehen auf der Straße.

In der Stille eines beengten Raumes errät man eher die Absichten des anderen. Autos sind niedrig, und seines war noch dazu klein.

So saßen sie eine Weile. »Gut, sobald ich etwas Konkretes weiß, sage ich Ihnen Bescheid«, sagte er schließlich. Dann brachte er sie zurück.

»Ich überlege mir, ob ich mit der Kleinen nicht nach Frankreich gehen soll«, sagte Enjuan. »In Paris könnte sie Ballettstunden nehmen. Und ich würde gern Französisch lernen.«

Es hatte ganz den Anschein, als ob sie gegen die Vorstellung, getrennt von ihrem Mann zu leben, nichts einzuwenden hätte.

Eine Trennung bedeutete heutzutage nicht mehr den politischen Selbstmord. Auch unter Geschäftspartnern geschah es bisweilen, dass sie ihre Partnerschaft aufkündigten, ganz gleich, wie erfolgreich sie waren.

Zhao Jue fragte nicht etwa: »Wie willst du das bewerkstelligen, allein wegzugehen?« Sie wollte auf keinen Fall den Eindruck erwecken, als mischte sie sich in Enjuans Angelegenheiten ein. Stattdessen sagte sie: »Frankreich ist wirklich schön. Dort machen sie alles ein bisschen besser als anderswo.«

»Trotzdem ist der allgemeine Lebensstandard eher niedrig«, entgegnete Enjuan.

»Selbst wenn sie es schwer haben, ich finde, die Franzosen verstehen es besser als andere, gut zu leben.« Zhao Jue hatte mal ein französisches Gericht gegessen, Kaninchen, in Wein geschmort, es schmeckte ganz ähnlich wie in Sojasoße geschmortes Hühnchen. Nur dass Kaninchen sich schneller vermehrten.

Enjuan machte Anstalten zu gehen, und Zhao Jue zog ihre Jacke an, um sie zu begleiten. »Kennst du eigentlich einen gewissen Steward?«, fragte sie beiläufig. »Weiß er, dass wir befreundet sind?«

Enjuan gab keine klare Antwort.

»Einmal ist etwas passiert, du kannst dir gar nicht vorstellen, wie lächerlich das war. Das Außenministerium hat eine chinesische und eine koreanische Delegation zusammen empfangen. Die koreanische Rede habe ich gedolmetscht. Dann waren die Chinesen an der Reihe. Der Delegationsleiter sprach Mandarin mit starkem Jiangxi-Akzent. Er war wirklich schlecht zu verstehen. Offenbar konnte er Englisch, denn er merkte, dass Steward seinen Vortrag zu simpel übersetzte und dass ihm einige Fehler unterliefen. Weil er sich darüber ärgerte, trat sein Jiangxi-Dialekt nur noch stärker hervor. Vor Schreck verstummte Steward völlig. Ich habe oft zugehört, wenn Xuan Wang, der auch aus dieser Gegend kommt, sich mit seinen Landsleuten unterhielt. Außerdem war es eine offizielle Rede, bei der sich dieselben Floskeln ständig wiederholten. Deshalb konnte ich seinen Dialekt einigermaßen verstehen. Also eilte ich nach vorn, um für ihn zu dolmetschen. Daraufhin beruhigte sich der Delegationsleiter ein wenig und fand wieder zum Standardchinesischen zurück.

Aber Steward hatte sich bereits hingesetzt, und so habe ich für ihn die Rede bis zu Ende gedolmetscht. Zufällig war an diesem Tag auch unser Abteilungsleiter anwesend, er rief mich anschließend zu sich. Steward befand sich im Wabenbüro nebenan, er stellte sich dicht an die Trennwand aus Glas und ordnete die Papiere auf seinem Schreibtisch. Das Gespräch dauerte etwa zwanzig Minuten, und er blieb die ganze Zeit dort stehen. Selbstverständlich war ich vorsichtig mit dem, was ich sagte, doch bald darauf wurde der Abteilungsleiter versetzt, und ich bekam ziemlich lange keinen Auftrag mehr. Am Vorabend vor dem chinesischen Neujahr rief Steward dann aus heiterem Himmel bei mir an und teilte mir mit, dass sie jetzt einen Muttersprachler für die Übersetzungen aus dem Koreanischen hätten. Ausgerechnet an Silvester, ganz so, als wollte er mir absichtlich Unglück bringen.«

Als Enjuan das hörte, schnalzte sie mit der Zunge und sagte mit gerunzelter Stirn: »Wie kann er so was machen?«

An jenem Abend vor Neujahr hatte Zhao Jue am Telefon lachend erwidert: »Natürlich, das ist nur verständlich. Schließlich machen nicht nur Ausländer, die chinesisch sprechen, an den unmöglichsten Stellen Fehler.«

Mit einer solchen Antwort hatte er bestimmt nicht gerechnet. Immerhin konnte sie mit ihrer Replik zufrieden sein.

Sie wohnte ganz in der Nähe des Uni-Campus, nur einen Katzensprung vom Stadtzentrum entfernt. Als sie die Straße entlanggingen, sagte Enjuan unvermittelt: »Übrigens, Wang Qiang lebt jetzt in New York und ist immer noch sehr reich.«

Wang Qiang war während der japanischen Besatzungszeit in Shanghai ein berühmtes Partygirl gewesen. Enjuans Äußerung sollte wohl besagen, dass sie damit zumindest gutes Geld verdient hatte.

Zhao Jue selbst legte keinen großen Wert auf ihren Ruf. Vielleicht lag es daran, dass sie zu lange das hässliche Entlein gewesen war und daher unbedingt romantische Abenteuer erleben wollte, damit die anderen etwas zu klatschen hätten. Aber aus dem Mund von Enjuan klang das doch sehr verletzend. Für wen hielt sie Zhao Jue eigentlich?

Sie wusste darauf nichts zu sagen und konnte nur halbherzig lachen.

»Tantchen ist wohl nicht rausgekommen?« Enjuan hatte Zhao Jues Tante immer so genannt.

»Nein, Und dein Vater? Schreibt er dir?«

Enjuan sagte traurig: »Meinen Vater haben die Roten Garden erschlagen. Da war er schon über achtzig.«

Über so etwas kommt man nicht hinweg, und Zhao Jue konnte ihr zum Trost nur sagen: »Immerhin konnte er in seinen späten Jahren sehr zufrieden sein. Er war so froh, als er mir erzählt hat, wie gut es dir in Amerika geht …«

Freilich war wohl genau das der Grund gewesen, warum er hatte sterben müssen – eine Tochter in Amerika, noch dazu eine, die einen so kometenhaften Aufstieg erlebte. Was für ein tragischer Tod. Zhao Jue spürte, dass das eine das andere nicht aufwiegen konnte. Ihre Stimme wurde immer leiser, bis sie schließlich ganz verstummte.

Enjuan warf ihr einen scharfen Blick zu, vermutlich meinte sie, Zhao Jue habe das nur aus schlechtem Gewissen gesagt. Obwohl sie ebendiese Worte des Vaters bereits in einem Brief aus China erwähnt hatte, schien Enjuan überzeugt, dass sie ihr nur schöntun wollte. Die Beziehung zwischen Vater und Tochter war nie besonders gut gewesen, vielleicht konnte sie auch deshalb nicht glauben, dass er tatsächlich so stolz auf ihren Erfolg gewesen war.

Das war das dritte Mal, dass die Freundin Zweifel hegte an dem, was sie sagte. Zhao Jue konnte sich nicht erklären, warum es sie diesmal besonders schmerzlich traf.

Sie gingen die Treppe zum Bahnhof hinunter, und

seit sie den Bahnsteig betreten hatten, zerbrach Zhao Jue sich den Kopf darüber, ob eine Umarmung zum Abschied wohl angebracht wäre.

»Das Ehepaar Yi Zhen hat damals unterrichtet, aber ich weiß nicht, wie es ihnen heute geht. Ich konnte mich nicht mal richtig von ihnen verabschieden.« Zhao Jue war froh, endlich ein unverfängliches Gesprächsthema gefunden zu haben.

»Zhi Qi ist auch nicht rausgekommen«, bemerkte Enjuan.

Da fiel Zhao Jue ein, dass sie gehört hatte, Zhi Qis Mann habe das ganze Geld ihrer Mutter verprasst.

»Sie hat den Freund ihres älteren Bruders geheiratet, keine gute Wahl«, murmelte Enjuan mit bitterer Miene. »Und das alles nur wegen des Bruders.« Sie senkte die Stimme und sagte ganz ernst: »Dabei war sie so intelligent. Es ist ein Jammer.« Sie klang, als würde sie gleich in Tränen ausbrechen.

Zhao Jue verstand nicht, warum sie diese Äußerung so betroffen machte. Hatte sie nicht immer schon gewusst, dass Enjuan Zhi Qi besonders mochte? Bei Zhi Qi waren keine homosexuellen Neigungen im Spiel gewesen – und wenn schon? Was konnte einen heutzutage, zumal in Amerika, noch schockieren? Bestimmt nicht die naive, einseitige Zuneigung von damals.

Sie sagte nichts. Wenn die Rede auf Zhi Qi kam, hatte sie es auch früher schon vorgezogen zu schweigen. Am Ende glaubte Enjuan noch, sie sei weiterhin eifersüchtig, natürlich nur eine Eifersucht unter Freundinnen.

Dann fuhr der Zug ratternd ein. Zhao Jue sah, wie lächerlich und unnötig ihre Besorgnis gewesen war. Entspannt lachend fiel Enjuan ihr um den Hals, ein wenig spöttisch, so als wollte sie sich lustig machen. Dann stieg sie in den Zug.

Nach über einem Monat kam eine Weihnachtskarte von Enjuan. Auf die freie Stelle hatte sie geschrieben:

Unser Wiedersehen war so vergnüglich. Ich erwähnte doch, dass ich mit der Kleinen nach Frankreich gehen wollte. Stattdessen ist Ben jetzt dort, und die Kleine bekommt hier ihre Ballettstunden.

Alles Gute, Enjuan

»Vergnüglich!«

Das war nur so dahingesagt, weil Enjuan wohl nicht als unhöflicher Gast dastehen wollte. Trotzdem zog sich Zhao Jue bei dem Wort »vergnüglich« die Kehle zusammen. Sie selbst brachte so etwas einfach nicht heraus. Als Antwort schickte sie eine Neujahrskarte:

Enjuan,

ist seit Deiner Rückkehr alles gut verlaufen? Ich habe in Newsweek *von Bens Reise zu einer Konferenz in Paris gelesen und fürchte, er hat es nicht rechtzeitig zu Weihnachten nach Hause geschafft. Ansonsten geht es Dir bestimmt gut. Der Familie auch?*

Jue

Danach war die Korrespondenz eingeschlafen. Das war Zhao Jue bereits klar gewesen, als sie die wenigen Zeilen auf die Karte schrieb.

Sie wusste nicht, wann ihr die Erkenntnis gekommen war und weshalb es sie so irritierte, dass Enjuan Zhi Qi noch immer so tief und innig liebte. Nach dem Krieg hatte sie He Surong einmal im Jessfield Park gesehen – allein und mit einem lederbezogenen Kinderwagen. Sie trug einen weißen Qipao und eine randlose Brille – auch bei ihrer letzten Begegnung war sie weiß gekleidet gewesen. Genau wie früher hatte sie kurzes Haar, nur ihr Busen war noch voller geworden und sichtlich nach unten gerutscht. Die grobe Bemerkung von Zhi Qi fiel ihr wieder ein: »Von Männern in die Länge gezogen.«

Die Entfernung zwischen ihnen war ziemlich groß, und sie grüßten einander nicht. Dennoch wusste Zhao Jue, dass He Surong sie ebenfalls gesehen hatte, aber es ließ sie völlig kalt. Nach dem Brief, den sie seinerzeit von He Surong aus Peking bekommen hatte, war sie zwar ziemlich ernüchtert, aber keineswegs bar jeden Gefühls gewesen. Erst durch die Liebe zu Männern war ihre Zuneigung ausgewaschen und weggespült worden, sodass schließlich auch die letzte Spur davon getilgt war.

Konnte es sein, dass Enjuan kein einziges Mal in ihrem Leben richtig in einen Mann verliebt gewesen war?

Ja, so musste es sein. Außerdem war Enjuan nicht der Typ, der den Ehemann betrog.

Unwillkürlich musste Zhao Jue an den Tag denken, als sie von dem Attentat auf Präsident Kennedy erfahren hatte. Gegen ein Uhr mittags brachten sie im Radio, dass auf den Präsidenten geschossen worden war. Um zwei oder drei kam dann die Meldung, er sei gestorben. Da stand sie am Spülstein und machte den Abwasch, während sie eine Stimme in ihrem Inneren sagen hörte:

»Kennedy ist tot, und ich lebe noch, auch wenn ich nur Schüsseln spüle.«

Ein banaler Trost, von einer wenig liebevollen Hand gespendet. Wie wenn einen der Fuß juckt und man sich am Stiefel kratzt. Trotzdem ging es ihr zu Herzen, weil es stimmte.

Später dann sah sie im *Time*-Magazin das Foto von Enjuan. Es war auf der *USS Sequoia*, der Jacht des Präsidenten, aufgenommen worden. Sie war soeben an Bord gegangen und beugte sich ein wenig vor, um jemanden zu begrüßen, der nicht im Bild war. Das kleine Gesicht mit den tiefen Grübchen war unverändert, lediglich die Wangen waren schmaler geworden. Ihr Haar, ganz bestimmt Kunsthaar, trug sie im Stil chinesischer Dienstmädchen zu zwei großen Schnecken geflochten. Zwischen Enjuan und ihr lag nun ein ganzes Universum, und diese Erkenntnis traf sie wie ein Keulenhieb. Von diesem Schlag würde Zhao Jue sich erst einmal erholen müssen.

Nachbemerkung der Übersetzerinnen

Bei *Die Klassenkameradinnen* handelt es sich um Eileen Changs letztes, vollendetes Stück fiktionaler Literatur. Danach erschienen nur noch einige Frühwerke sowie Übersetzungen. Über die Entstehungszeit dieser längeren Erzählung wissen wir nur aus dem Briefwechsel mit dem Literaturwissenschaftler C. T. Hsia. Dort erwähnt sie sie in einem Brief vom 20. August 1978, betont aber zugleich, sie habe sie zunächst nicht veröffentlichen wollen; vermutlich aus Rücksicht auf einige noch lebende Personen, die sich hätten wiedererkennen können. Die Erzählung kam erst 2004 postum – Chang starb 1995 in Los Angeles – im Verlag Crown Publishing in Taipeh heraus und ist bisher in keine westliche Sprache übersetzt.

Zweifellos ist die Erzählung autobiographisch gefärbt. Sie thematisiert, und das ist einzigartig in Changs Werk, ihre Zeit in Amerika, verbunden mit einem Rückblick auf die Internatszeit im Shanghai der 1930er Jahre. Eileen Chang verfolgt hier den Lebensweg zweier Mitschülerinnen und Zimmergenossinnen von damals: Zhao Jue – unschwer als ein Alter Ego der Autorin zu erkennen – und ihre Freundin Enjuan. Dabei erwähnt die Autorin viele zeitgeschichtliche Ereignisse, sowohl in China wie auch in den USA, die eine ungefähre zeitliche Einordnung der Erzählung erlauben: die Amtszeit von Henry Kissinger als Außenminister 1973–77, die Ermordung John F. Kennedys 1963, die Besetzung Shanghais durch die Japaner 1937 und die Machtübernahme der Kommunisten 1949.

Die komplexe Struktur von Rückblenden und Ortswechseln setzt Anfang der 1970er Jahre ein. Zhao Jue lebt zu dieser Zeit bereits seit mehreren Jahren in Amerika, vermutlich in dem als »Kulturhauptstadt« apostrophierten, unweit von Washington DC gelegenen Philadelphia. Auslöser für die Rückschau auf die gemeinsame Internatszeit ist ein Bericht im *Time*-Magazin.

Zhao Jue und Enjuan besuchen Anfang der 1930er Jahre gemeinsam das protestantische Internat St. Mary's Hall in Shanghai, in das auch die Autorin ging. Nach dem Schulabschluss treffen sich die Freundinnen in dem inzwischen von den Japanern besetzten Shanghai. Enjuan ist ihrem Ehemann nach Chongqing in der Provinz Sichuan gefolgt, in das von den Japanern nicht besetzte »Landesinnere«. Dorthin war 1937 die nationalchinesische Regierung unter Chiang Kaishek umgesiedelt, während die Japaner in Shanghai eine Marionettenregierung installiert hatten. Auch viele Firmen und Universitäten eröffneten ihre Dependancen im Landesinneren.

Der Kontrast zwischen dem besetzten Shanghai und dem Landesinneren kommt in der Erzählung des Öfteren zur Sprache. Die Menschen in Chongqing fühlten sich als Vertreter des wahren China, während die Shanghaier sich den Besatzern beugen mussten. Daher rührt auch die »jugendliche Überheblichkeit« der inzwischen verheirateten Enjuan, die noch dazu einen Sohn hat, alles Attribute, die sie im Vergleich zur glücklosen Zhao Jue überlegen erscheinen lassen.

Die jeweiligen Dialekte, die fast den Status eigener Sprachen haben, werden in der Erzählung immer wieder thematisiert; sie dienen als soziale Marker und der geographischen Verortung. Zhao Jues Vorfahren stammen aus der Gegend nördlich des Jangtsekiang, ganz wie die Shanghaier »Rikscha-Kulis«. Zhao Jue beherrscht weder das Shanghaierische noch ordentliches Hochchinesisch und ist daher im Internat isoliert. Obwohl sie aus einer guten Familie stammt, ist Enjuan »ihre einzige Freundin«.

Dass Enjuan aus eher einfachen Verhältnissen kommt, erfährt der Leser nebenbei. Sie wohnt in einer »Treppenkammer«, dem für Shanghaier Reihenhäuser typischen Zimmerchen unter der Treppe in Küchennähe, das normalerweise vom Dienstmädchen bewohnt wird; der Vater ist ein kleiner Ladenbesitzer, und die Familie ihres Verlobten wohnt gar in Hongkou, dem ärmlichen Viertel im Norden Shanghais, das ab 1943 als Ghetto für die staatenlosen Juden diente.

Zhao Jue dagegen residiert in einem herrschaftlichen Anwesen, Bedienstete kümmern sich selbst während der Internatszeit um die Tochter aus gutem Hause. Deshalb wird sie von ihrem Schwarm He Surong, die sich den Kommunisten angeschlossen hat, auch als potenzielle Geldquelle für die patriotische Sache angesehen.

Die Kommunisten, die zeitweilig mit den Nationalisten gegen die Japaner kämpften, sich aber dann im Bürgerkrieg gegen die ehemaligen Verbündeten wandten, trugen 1949 den Sieg davon und gründeten die Volksrepublik, während sich Chiang Kaishek mit seinen Anhängern nach Taiwan zurückzog.

Zu dieser Zeit verlässt Zhao Jue/Eileen Chang das

Land. Insofern schließt *Die Klassenkameradinnen* unmittelbar an die Erzählung »Gischtblüten« an (vgl. den Band: Das goldene Joch, Berlin, Ullstein, 2011), die ihre Ausreise schildert. Während Enjuans Besuch bei Zhao Jue unterhalten sich die beiden darüber, wer von ihren Mitschülerinnen und Verwandten »rausgekommen« ist und wer nicht. Am Schicksal von Enjuans altem Vater, einem Opfer der Kulturrevolution, wird deutlich, dass auch die Tochter für den Erfolg im Ausland ihren Preis zahlen muss.

Andere, wie Zhao Jues Ehemann Xuan Wang, der zunächst als Chinesischlehrer an verschiedenen amerikanischen Universitäten tätig war, gehen nach China zurück, um sich am »Landesaufbau« zu beteiligen. In Zhao Jues Augen erfolgt dieser Schritt weniger aus genuiner politischer Überzeugung, sondern eher als Reaktion auf die Erwartungen, die die Studierenden an ihn herantragen, und nicht zuletzt als Sühne für seinen lockeren Lebenswandel. Die Autorin selbst hat die Studentenrevolte Ende der 1960er Jahre (Demonstrationen gegen den Vietnamkrieg, sexuelle Revolution und kritiklose Begeisterung für alles Linke) wohl eher im kalifornischen Berkeley miterlebt, verlegt die fiktive Handlung aber in den Norden (Philadelphia, New Hampshire und Washington, D. C.).

In Washington, D. C. ist auch die Episode mit Mr

Steward, ihrem Kollegen und späteren Leiter des Sprachendienstes im Auswärtigen Amt, angesiedelt. Die Autorin gibt ihm den chinesischer Name Situ Hua, was nicht unbedingt wie die Transliteration eines englischen Namens klingt. Hinweise im Text deuten jedoch darauf hin, dass es sich bei ihm um einen Amerikaner handelt, weshalb wir uns entschlossen haben, den Namen der besseren Verständlichkeit halber als »Steward« zu übersetzen. Vermutlich war er einer der Gründe, warum Eileen Chang die Erzählung nicht gleich nach Fertigstellung 1978 publizieren wollte.

Zhao Jues Zeit als Simultandolmetscherin ist für die Autorin willkommener Anlass, ihre für einen abendlichen Einsatz improvisierte Garderobe zu beschreiben. Von Jugend an beschäftigte sich Eileen Chang mit Mode und deren Geschichte; sie schrieb dazu auch mehrere Essays. Es existieren zahlreiche Skizzen und Modezeichnungen, für deren praktische Umsetzung sie ebenfalls großes Geschick besaß. In vielen ihrer Texte schildert sie mit großer Liebe zum Detail die wechselnden Outfits ihrer Protagonistinnen, so auch hier.

Zhao Jue kann die Bitterkeit über ihr vereinsamtes, finanziell beschwerliches Leben, insbesondere im Kontrast mit der erfolgreichen Freundin, nicht verhehlen.

Enjuans Besuch bei Zhao Jue macht deutlich, dass die beiden nicht mehr an die Vertrautheit der Jugendjahre anknüpfen können. Virtuos gestaltet Chang das fahrige, bei keinem Thema länger verweilende Gespräch der ehemaligen Freundinnen. Zu groß ist der Abstand zwischen ihnen geworden, eine enge freundschaftliche Beziehung ist nicht mehr möglich.

Die postume Veröffentlichung dieser letzten Erzählung 2004 war für Eileen Changs große Fangemeinde, sowohl in Taiwan und Hongkong als auch auf dem Festland, eine kleine Sensation. Sie bot ihren Lesern endlich auch Einblick in das schwierige Leben der Autorin in den USA, das 1995 ein so einsames Ende fand. Insofern bildet *Die Klassenkameradinnen* den Abschluss des fiktionalen Werks dieser großen Klassikerin der chinesischen literarischen Moderne.